मेरी
जेल डायरी

AF521431

मेरी जेल डायरी

भगत सिंह

नमस्कार
बुक्स

प्रकाशक : **नमस्कार बुक्स**
भवन संख्या 2/42 (दूसरी मंजिल), अंसारी रोड, दरियागंज, नई दिल्ली–110002
सर्वाधिकार : सुरक्षित / संस्करण : 2026 / पेपरबैक मूल्य : तीन सौ पचास रुपए
मुद्रक : आर–टेक ऑफसेट प्रिंटर्स, दिल्ली ISBN 978-93-94871-78-6

MERI JAIL DIARY *by* Bhagat Singh ₹ 350.00 (PB)
Published by **NAMASKAR BOOKS**
Building No. 2/42 (Second Floor), Ansari Road, Daryaganj, New Delhi-2

जिंदगी का मकसद

"जिंदगी का मकसद अब मन पर काबू करना नहीं, बल्कि इसका समरसतापूर्ण विकास है। मौत के बाद मुक्ति पाना नहीं, बल्कि दुनिया में जो है, उसका सर्वश्रेष्ठ उपयोग करना है। सत्य, सुंदर और शिव की खोज ध्यान से नहीं, बल्कि रोजमर्रा की जिंदगी के वास्तविक अनुभवों से करना भी है। सामाजिक प्रगति सिर्फ कुछ लोगों की नेकी से नहीं, बल्कि अधिक लोगों के नेक बनने से होगी। आध्यात्मिक लोकतंत्र अथवा सार्वभौम भाईचारा तभी संभव है, जब सामाजिक, राजनीतिक और औद्योगिक जीवन में अवसरों की समानता हो।"

Bhagat Singh

(भगत सिंह)

हमें गोली से उड़ाया जाए

20 मार्च, 1931

प्रति

गवर्नर पंजाब, शिमला

महोदय,

उचित सम्मान के साथ हम नीचे लिखी बातें आपकी सेवा में दे रहे हैं। भारत की ब्रिटिश सरकार के सर्वोच्च अधिकारी वाइसराय ने एक विशेष अध्यादेश जारी करके लाहौर षड्यंत्र अभियोग की सुनवाई के लिए एक विशेष न्यायाधिकरण ट्रिब्यूनल स्थापित किया था, जिसने अक्तूबर 1930 को हमें फाँसी का दंड सुनाया। हमारे विरुद्ध सबसे बड़ा आरोप यह लगाया गया है कि हमने सम्राट जार्ज पंचम के विरुद्ध युद्ध किया है। न्यायालय के निर्णय से दो बातें स्पष्ट हो जाती हैं। पहली यह कि अंग्रेज जाति और भारतीय जनता के मध्य एक युद्ध चल रहा है। दूसरे यह कि हमने निश्चित रूप से इस युद्ध में भाग लिया है। अतः हम युद्धबंदी हैं। हम यह कहना चाहते हैं कि युद्ध छिड़ा हुआ है और यह लड़ाई तब तक चलती रहेगी, जब तक कि शक्तिशाली व्यक्तियों ने भारतीय जनता और श्रमिकों की साँस के साधनों पर अपना एकाधिकार कर रखा है। निश्चित ही यह युद्ध उस समय तक समाप्त नहीं होगा, जब तक कि समाज का वर्तमान ढाँचा समाप्त नहीं हो जाता। प्रत्येक वस्तु में परिवर्तन या क्रांति समाप्त नहीं हो जाती और मानवीय सृष्टि में एक नवीन युग का सूत्रपात नहीं हो जाता है।

हम आपसे केवल यह प्रार्थना करना चाहते हैं कि आपकी सरकार के ही न्यायालय के निर्णय के अनुसार हमारे विरुद्ध युद्ध जारी रखने का अभियान

है। इस दृष्टि से हम युद्धबंदी हैं। अतः इस आधार पर हम आपसे माँग करते हैं कि हमारे प्रति युद्धबंदियों जैसा ही व्यवहार किया जाए और हमें फाँसी देंने के बदले गोली से उड़ा दिया जाए।

भवदीय

भगत सिंह, सुखदेव, राजगुरु

भाई कुलबीर सिंह के नाम भगत सिंह का अंतिम पत्र फाँसी लगने से बीस दिन पहले लिखा गया

सेंट्रल जेल, लाहौर

3 मार्च, 1931

प्रिय कुलबीर सिंह,

तुमने मेरे लिए बहुत कुछ किया। मुलाकात के समय तुमने अपने खत के जवाब में कुछ लिख देने के लिए कहा था। कुछ शब्द लिख दूँ। देख, मैंने किसी के लिए कुछ न किया। तुम्हारे लिए भी कुछ न कर सका। आज तुम सबको विपदाओं में छोड़कर जा रहा हूँ। तुम्हारी जिंदगी का क्या होगा? गुजर किस तरह करोगे? विपदाओं से न घबराना, इसके सिवाय और क्या कह सकता हूँ! अमेरिका जा सकते तो बहुत अच्छा होता, लेकिन अब तो य ह नामुमकिन जान पड़ता है। धीरे-धीरे हिम्मत से पढ़ लो। अगर कोई काम सीख सको तो बेहतर होगा, लेकिन सब कुछ पिताजी की सलाह से करना। जहाँ तक हो सके, प्यार-मोहब्बत से रहना। इसके सिवाय और क्या कहूँ? जानता हूँ कि आज तुम्हारे दिल में गम का समुद्र ठाठें मार रहा है। तुम्हारे बारे में सोचकर मेरी आँखों में आँसू आ रहे हैं, लेकिन क्या किया जा सकता है? हौसला रख मेरे अजीज, मेरे प्यारे भाई, जिदंगी बड़ी बेरहम। लोग भी बहुत बेरहम हैं। सिर्फ हिम्मत और प्यार से ही गुजारा हो सकेगा। कुलतार की पढ़ाई की चिंता भी तुम्हें करनी है। बहुत शर्म आती है और अफसोस के सिवाय मैं कर भी क्या सकता हूँ? साथ वाला खत हिंदी में लिखा है। खत बी.के. की बहन को दे देना। अच्छा नमस्कार, अजीज भाई, अलविदा।

तुम्हारा शुभाकांक्षी

भगत सिंह

विद्यार्थियों के नाम पत्र

(भगत सिंह और बटुकेश्वर दत्त की ओर से जेल से भेजा गया यह पत्र 19 अक्तूबर, 1929 को पंजाब छात्र संघ, लाहौर के दूसरे अधिवेशन में पढ़कर सुनाया गया था। अधिवेशन के सभापति थे नेताजी सुभाषचंद्र बोस)।*

इस समय नौजवानों से हम यह नहीं कह सकते कि वे बम और पिस्तौल उठाएँ। आज विद्यार्थियों के सामने इससे भी अधिक महत्त्वपूर्ण काम है। आने वाले लाहौर अधिवेशन में कांग्रेस देश की आजादी के लिए जबरदस्त लड़ाई की घोषणा करने वाली है। राष्ट्रीय इतिहास के इन कठिन क्षणों में नौजवानों के कंधों पर बहुत बड़ी जिम्मेदारी आ पड़ी है।

क्या परीक्षा की इस घड़ी में वे उसी प्रकार की दृढ़ता और आत्मविश्वास का परिचय देने से हिचकिचाएँगे? नौजवानों को क्रांति का संदेश देश के कोने-कोने में पहुँचाना है। फैक्टरी, कारखानों के क्षेत्रों में, गंदी बस्तियों और गाँवों की जर्जर झोंपड़ियों में रहने वाले करोड़ों लोगों में इस क्रांति की अलख जगानी है, जिससे आजादी आएगी और तब एक मनुष्य द्वारा दूसरे मनुष्य का शोषण असंकद हो जाएगा। आज देश के प्रति अपनी श्रद्धा और शहीद यतींद्रनाथ दास के बलिदान से प्रेरणा लेकर यह सिद्ध कर दें कि स्वतंत्रता के इस संघर्ष में दृढ़ता से टक्कर ले सकते हैं।

---

* *22 अक्तूबर, 1929 के ट्रिब्यून (लाहौर) में प्रकाशित*

पिताजी के नाम पत्र

पूज्य पिताजी, नमस्ते।

मेरी जिंदगी का मकसदे आला ऊँचा उद्‌देश्य यानि आजादी हिंद के असूल सिद्धांत के लिए वक्फ (दान) हो चुकी है। इसलिए मेरी जिंदगी में आराम और दुनियांनी वाहशात (सांसारिक इच्छा) वामसे कशिश (आकर्षक) नहीं है।

आपको याद होगा कि जब मैं छोटा था तो बापूजी ने मेरे यज्ञोपवीत के वक्त ऐलान किया था कि मुझे खिदमते वतन (देश सेवा) के लिए वक्फ कर दिया गया है। लिहाजा मैं उस वक्त की प्रतिज्ञा पूरी कर रहा हूँ। उम्मीद है, आप मुझे माफ फरमाएँगे।

आपका ताबेदार
भगत सिंह

बलिदान से पहले साथियों को अंतिम पत्र

22 मार्च, 1931

साथियो,

स्वाभाविक है कि जीने की इच्छा मुझमें भी होनी चाहिए, जिसे मैं छुपाना नहीं चाहता, लेकिन एक शर्त पर जिंदा रह सकता हूँ कि मैं कैद या पाबंद होकर जीना नहीं चाहता। मेरा नाम हिंदुस्तानी क्रांति का प्रतीक बन चुका है और क्रांतिकारी दल के आदर्शों व कुर्बानियों ने मुझे ऊँचा उठा दिया, इतना ऊँचा कि जीवित रहने की स्थिति में इससे ऊँचा मैं हरगिज नहीं हो सकता। आज मेरी कमजोरियाँ जनता के सामने नहीं हैं। अगर मैं फाँसी से बच गया तो वे जाहिर हो जाएँगी और क्रांति का प्रतीक चिह्न मद्धम पड़ जाएगा या संभवत: मिट ही जाए। लेकन दिलेराना ढंग से हँसते-हँसते मेरे फाँसी चढ़ने की सूरत में हिंदुस्तानी माताएँ अपने बच्चों के भगत सिंह बनने की आरजू किया करेंगी और देश के लिए कुर्बानी देने वालों की तादाद इतनी बढ़ जाएगी कि क्रांति को रोकना साम्राज्यवाद या तमाम शैतानी शक्तियों के बूते की बात नहीं रहेगी। हाँ, एक विचार आज भी मेरे मन में आता है कि देश और मानवता के लिए जो कुछ करने की हसरतें मेरे दिल में थीं, उनका हजारवाँ भाग भी पूरा नहीं कर सकता। अगर स्वतंत्र, जिंदा रह सकता, तब शायद उन्हें पूरा करने का अवसर मिलता और मैं अपनी हसरतें पूरी कर सकता। इसके सिवाय मेरे मन में कोई लालच फाँसी से बचने का नहीं आया। मुझसे अधिक भाग्यशाली कौन होगा? आजकल मुझे स्वयं पर बहुत गर्व है। अब तो बड़ी बेताबी से अंतिम परीक्षा का इंतजार है। कामना है कि यह और नजदीक हो जाए।

आपका साथी

भगत सिंह

यह भगत सिंह का पहला खत है, जब वह छठी कक्षा में पढ़ रहे थे। उनका यह पत्र दादा अर्जुन सिंह को संबोधित है

लाहौर 22 जुलाई, 1918

पूज्य बाबाजी,

नमस्ते।

अर्ज यह है कि आपका खत मिला, पढ़कर दिल खुश हुआ। इम्तिहान की बात ये है कि मैंने पहले इसलिए नहीं लिखा था, क्योंकि हमें बताया नहीं गया था। अब हमें अंग्रेजी और संस्कृत का नतीजा बताया गया है। उनमें मैं पास हूँ। संस्कृत में मेरे 150 नंबरों में 110 नंबर हैं। अंग्रेजी में 150 में से 68 नंबर हैं। जो 150 में से 50 नंबर ले जाए, वह पास होता है। 68 नंबरों को लेकर मैं अच्छी तरह पास हो गया हूँ। किसी किस्म की चिंता न करना। बाकी नहीं बताया गया। छुट्टियाँ—8 अगस्त को पहली छुट्टी होगी। आप कब आएँगे, लिखना।

आपका आज्ञाकारी,

भगत सिंह

काकोरी के शहीदों को फाँसी

जनवरी 1928 के 'किरती' में भगत सिंह ने एक और लेख काकोरी के शहीदों के बारे में 'विद्रोही' के नाम से लिखा।

'किरती' के पाठकों को पहले किसी अंक में हम काकोरी के मुकदमे के हालात बता चुके हैं। अब इन चार वीरों को फाँसी दिए जाने का हाल बताते हैं।

17 दिसंबर, 1927 को श्री राजिंद्रनाथ लाहिड़ी को गोंडा जेल में फाँसी दी गई और 19 दिसंबर, 1927 को श्री राम प्रसाद 'बिस्मिल' को गोरखपुर जेल में, श्री अशफाक उल्ला को फैजाबाद जेल में और श्री रोशन सिंहजी को इलाहाबाद जेल में फाँसी पर चढ़ा दिया गया।

इस मुकदमे के सेशन जज मि. हेमिल्टन ने फैसला देते हुए कहा था कि ये नौजवान देशभक्त हैं और इन्होंने अपने किसी लाभ के लिए कुछ भी नहीं किया और यदि यह नौजवान अपने किए पर पश्चात्ताप करें तो उनकी सजाओं में रियायत की जा सकती है, लेकिन उन्हें फाँसी दिए बगैर डायन नौकरशाही को चैन कैसे पड़ता? अपील में बहुत से लोगों की सजाएँ बढ़ा दी गईं। फिर न तो गवर्नर और न ही वायसरॉय ने उसके यौवन की ओर ध्यान दिया और प्रिवी कौंसिल ने तो उनकी अपील सुनने से पहले ही खारिज कर दी। यू.पी. कौंसिल के बहुत से सदस्यों, असेंबली और कौंसिल और स्टेट के बहुत से सदस्यों ने वायसरॉय को उनकी जवानी पर दया करने की दरखास्त दी, लेकिन होना क्या था? उनके इतने हाथ-पाँव मारने का कोई परिणाम न निकला। यू.पी. कौंसिल के स्वराज पार्टी के नेता श्री गोविंद वल्लभ पंत उनके मामले पर बहस के लिए अपना मत वायसरॉय और लाट साहब को भेजने के लिए शोर मचा रहे थे। पहले तो प्रेजीडेंट साहब ही अनुमति नहीं दे रहे थे, लेकिन बहुत से सदस्यों ने मिलकर कहा तो सोमवार को बहस के लिए इजाजत मिली, लेकिन

फिर छोटे अंग्रेज अध्यक्ष, जो उस समय अध्यक्ष का काम कर रहा था, ने सोमवार को कौंसिल की छुट्टी ही कर दी। होम मेंबर नवाब छतारी के दर पर जा चिल्लाए, लेकिन उनके कानों पर जूँ तक न सरकी और कौंसिल में उनके संबंध में एक शब्द भी न कहा जा सका और उन्हें फाँसी पर लटका ही दिया गया। इसी क्रोध में नीचता के साथ रूसी जार और फ्रांसीसी लुइस बादशाह होनहार युवकों को फाँसी पर लटका-लटकाकर दिलों की भड़ास निकालते रहे, लेकिन उनके राज्यों की नीवें खोखली हो गई थीं और उनके तख्ते पलट गए। इसी गलत तरीके का आज फिर इस्तेमाल हो रहा है। देखें, यदि इस बार इनकी मुरादें पूरी हों। नीचे हम उन चारों वीरों के हालात संक्षेप में लिखते हैं, जिससे यह पता चले कि यह अमूल्य रत्न मौत के सामने खड़े होते भी किस बहादुरी से हँस रहे थे।

श्री राजिंद्रनाथ लाहिड़ी

आप हिंदू विश्वविद्यालय बनारस के एम.ए. के छात्र थे। 1925 में कलकत्ते के पास दक्षिणेश्वर बम फैक्टरी पकड़ी गई थी, उसमें आप भी पकड़े गए थे और आपको सात बरस की कैद हो गई थी। वहीं से आपको लखनऊ लाया गया और काकोरी केस में आपको फाँसी की सजा दे दी गई। आपको बाराबंकी और गोंडा जेलों में रखा गया। आप मौत को सामने देख घबराते नहीं थे, बल्कि हमेशा हँसते रहते थे। आपका स्वभाव बड़ा हँसमुख और निर्भय था। आप मौत का मजाक उड़ाते रहते थे।

आपने 14 दिसंबर को एक मित्र के नाम लिखा था—

कल मुझे पता चला है कि प्रिवी कौंसिल ने मेरी अपील खारिज कर दी है। आप लोगों ने हमें बचाने की कई कोशिशें कीं, लेकिन लगता है कि देश की बलिवेदी पर हमारे प्राणों के बलिदान की ही जरूरत है। मौत क्या है? जीवन की दूसरी दिशा के सिवाय कुछ नहीं। जीवन क्या है? मौत की ही दूसरी दिशा का नाम है। फिर डरने की क्या जरूरत है? यह तो प्राकृतिक बात है, उतनी ही प्राकृतिक जितना कि प्रातः में सूर्योदय। यदि हमारी यह बात सच है कि इतिहास पलटा खाता है तो मैं समझता हूँ कि हमारा बलिदान व्यर्थ नहीं जाएगा। मेरा नमस्कार। सबको अंतिम नमस्कार।

—आपका राजिंद्रनाथ लाहिड़ी

श्री रोशन सिंहजी

आपको 19 दिसंबर को इलाहाबाद में फाँसी दी गई। उनका एक आखिरी पत्र 13 दिसंबर का लिखा हुआ है। आप लिखते हैं—

इस हफ्ते फाँसी हो जाएगी। ईश्वर के आगे विनती है कि आपके प्रेम का आपको फल दे। आप मेरे लिए कोई गम न करना। मेरी मौत तो खुशीवाली है। चाहिए तो यह कि कोई बदफैली करके बदनाम होकर न मरे और अंत समय ईश्वर याद रहे। तो यही दो बातें हैं। इसलिए कोई गम नहीं करना चाहिए। दो साल बाल-बच्चों से अलग रहा हूँ। ईश्वर भजन का खूब अवसर मिला। इसलिए मोह-माया सब टूट गई। अब कोई चाह बाकी न रही। मुझे विश्वास है कि जीवन की दुःख भरी यात्रा खत्म करके सुख के स्थान पर जा रहा है। शास्त्रों में लिखा है, युद्ध में मरने वालों की ऋषियों जैसी जमात (श्रेणी) होती है।

जिंदगी जिंदादिली को जानिए रोशन, वरना कितने मरे और पैदा होते जाते हैं। आखिरी नमस्कार।

श्री रोशन सिंह रायबरेली के काम करनेवालों में थे। किसान आंदोलन में जेल जा चुके थे। सबको विश्वास था कि हाईकोर्ट से आपकी मौत की सजा टूट जाएगी, क्योंकि आपके खिलाफ कुछ भी नहीं था। लेकिन फिर भी वे अंग्रेजशाही का शिकार ही हो गए और फाँसी पर लटका दिए गए। तख्ते पर खड़े होने के बाद आपके मुँह से जो आवाज निकली, वह यह थी—'वंदेमातरम्'।

आपकी अरथी के जुलूस की इजाजत नहीं दी गई। लाश की फोटो लेकर दोपहर में आपका दाह-संस्कार कर दिया गया।

श्री अशफाक उल्ला

यह मस्ताना शायर भी हैरान करनेवाली खुशी से फाँसी चढ़ा। बड़ा सुंदर और लंबा-चौड़ा जवान थ, तगड़ा बहुत था। जेल में कुछ कमजोर हो गया था। आपने मुलाकात के समय बताया कि कमजोर होने का कारण गम नहीं, बल्कि खुदा की याद में मस्त रहने की खातिर रोटी बहुत कम खाना है। फाँसी से एक दिन पहले आपकी मुलाकात हुई। आप खूब सजे-सँवरे थे। बड़े-बड़े कढ़े हुए केश खूब सजते थे। बड़ा हँस-हँसकर बातें करते रहे। आपने कहा, कल मेरी शादी होनेवाली है। दूसरे दिन सुबह छह बजे आपको फाँसी दी गई। कुरआन शरीफ का बस्ता लटकाकर हाजियों की तरह वजीफा पढ़ते हुए बड़े हौसले से चल पड़े। आगे जाकर तख्ते पर रस्सी को चूम लिया। वहीं आपने कहा—

"मैंने कभी किसी आदमी के खून से अपने हाथ नहीं रँगे और मेरा इनसाफ खुदा के सामने होगा। मेरे ऊपर लगाए सभी इल्जाम गलत हैं।" खुदा का नाम लेते ही रस्सी खींची गई और वे कूच कर गए। उनके रिश्तेदारों ने बड़ी मिन्नतों-खुशामदों से उनकी लाश ली और उन्हें शाहजहाँपुर ले आए। लखनऊ स्टेशन पर मालगाड़ी के एक डिब्बे में उनकी लाश देखने का अवसर कुछ लोगों को मिला। फाँसी के दस घंटे बाद भी चेहरे पर वैसी ही रौनक थी। ऐसा लगता था कि अभी ही सोए हों, लेकिन अशफाक तो ऐसी नींद सो गए थे कि जहाँ से वे कभी नहीं जागेंगे। अशफाक शायर थे और उनका शायद उपनाम 'हसरत' था। मरने से पहले आपने ये दो शेर कहे थे—

'फना हैं हम सबके लिए, हम पै कुछ नहीं मौकूफ!
वका है एक फकत जाने की ब्रिया के लिए।'

(नाश तो सभी होंगे, कोई हम अकेले थोड़े होंगे। न मरने वाला तो सिर्फ एक परमात्मा है) और

'तंग आकर हम उनपके जुल्म से बेदाद से,
चल दिए सूए अदम जिंदाने फैजाबाद से।'

श्री राम प्रसाद 'बिस्मिल'

श्री राम प्रसाद 'बिस्मिल' बड़े होनहार नौजवान थे। गजब के शायर थे। देखने में भी बहुत सुंदर थे। योग्य बहुत थे। जानने वाले कहते हैं कि यदि किसी और जगह या किसी और देश या किसी और समय पैदा हुऐ होते तो सेनाध्यक्ष बनते। आपको पूरे षड्यंत्र का नेता माना गया है। चाहे बहुत ज्यादा पढ़े हुए नहीं थे, लेकिन फिर भी पंडित जगतनारायण जैसे सरकारी वकील की सुध-बुध भुला देते थे। चीफ कोर्ट में अपनी अपील खुद ही लिखी थी, जिससे कि जजों को कहना पड़ा कि इसे लिखने में जरूर ही किसी बहुत बुद्धिमान व योग्य व्यक्ति का हाथ है।

19 तारीख की शाम को आपको फाँसी दी गई। 12 की शाम को जब आपको दूध दिया गया तो आपने यह कहकर इनकार कर दिया कि अब मैं माँ का दूध ही पिऊँगा। 18 को आपकी मुलाकात हुई। माँ को मिलते समय आपकी आँखों में अश्रु बह चले। माँ बहुत हिम्मतवाली देवी थीं। आपसे कहने लगी—हरीशचंद्र, दधीचि आदि बुजुर्गों की तरह वीरता, धर्म व देश के लिए जान दे। चिंता करने और पछताने की जरूरत नहीं। आप हँस पड़े। कहा, "माँ, मुझे क्या चिंता और क्या पछतावा? मैंने कोई पाप नहीं किया। मैं मौत से नहीं डरता। लेकिन माँ आग के पास रखा घी पिघल ही जाता है। तेरा-मेरा संबंध ही कुछ ऐसा है कि पास होते ही आँखों से अश्रु उमड़ पड़े। नहीं तो मैं बहुत खुश हूँ।" फाँसी पर ले जाते समय आपने बड़े जोर से कहा, 'वंदेमातरम्' 'भारत माता की जय' और शांति से चलते हुए कहा—

'मालिक तेरी रजा रहे और तू ही तू रहे
बाकी न मैं रहूँ न मेरी आरजू रहे

जब तक कि तन में जान रगों में लहू रहे
तेरा ही जिक्रे यार, तेरी जुस्तजू रहे।'

फाँसी के तख्ते पर खड़े होकर आपने कहा—

I wish the downfall of the British Empire.

मैं ब्रिटिश साम्राज्य का पतन चाहता हूँ।

फिर यह शे'र पढ़ा—

अब न अहले वलवले हैं और न अरमानों की भीड़,
एक मिट जाने की हसरत, अब दिले-बिस्मिल में है।

फिर ईश्वर के आगे प्रार्थना की और फिर एक मंत्र पढ़ना शुरू किया। रस्सी खींची गई। रामप्रसादजी फाँसी पर लटक गए। आज वह वीर इस संसार में नहीं है। उसे अंग्रेजी सरकार ने अपना खौफनाक दुश्मन समझा। आम खयाल यह है कि उसका कसूर यही था कि वह इस गुलाम देश में जन्म लेकर भी एक बड़ा भारी बोझ बन गया था और लड़ाई की विद्या से खूब परिचित था। 7 बजे आपकी लाश मिली और बड़ा भारी जुलूस निकला। स्वदेश प्रेम में आपकी माता ने कहा—

"मैं अपने पुत्र की इस मृत्यु पर प्रसन्न हूँ, दुःखी नहीं। मैं श्री रामचंद्र जैसा ही पुत्र चाहती थी। बोलो, श्री रामचंद्र की जय!"

इत्र-फुलेल और फूलों की वर्षों के बीच उनकी लाश का जुलूस जा रहा था। दुकानदारों ने उनके ऊपर से पैसे फैंके। 11 बजे आपकी लाश श्मशान भूमि में पहुँची और अंतिम क्रिया समाप्त हुई।

आपके पत्र का आखिरी हिस्सा आपकी सेवा में प्रस्तुत है—

मैं खूब सुखी हूँ। 19 तारीख को प्रातः जो होना है, उसके लिए तैयार हूँ। परमात्मा काफी शक्ति देंगे। मेरा विश्वास है कि मैं लोगों की सेवा के लिए फिर जल्द ही जन्म लूँगा। सभी से मेरा नमस्कार कहें। दया कर इतना काम और भी करना कि मेरी ओर से पंडित जगतनारायण (सरकारी वकील, जिसने इन्हें फाँसी लगवाने के लिए बहुत जोर लगाया था) को अंतिम नमस्कार कह

देना। उन्हें हमारे खून से लथपथ रुपयों से चैन की नींद आए। बुढ़ाने में ईश्वर उन्हें सद्बुद्धि दे।'

रामप्रसादजी की सारी हसरतें दिल-ही-दिल में रह गईं। आपने एक लंबा-चौड़ा ऐलान किया है, जिसे संक्षेप में हम दूसरी जगह दे रहे हैं। फाँसी से दो दिन पहले सी.आई.डी. के मि. हैमिल्टन आप लोगों की मिन्नतें करते रहे कि आप मौखिक रूप से सब बातें बता दो, आपको पाँच हजार रुपए नकद दे दिया जाएगा और सरकारी खर्चे पर विलायत भेजकर बैरिस्टर की पढ़ाई करवाई जाएगी, लेकिन आप कब इन बातों की परवाह करते थे? आप हकूमतों को ठुकराने वाले व कभी-कभार जन्म लेने वाले वीरों में से थे। मुकदमे के दिनों आपसे जज ने पूछा था, "आपके पास क्या डिग्री है ?" तो आपने हँसकर जवाब दिया था, "सम्राट् बनाने वालों को डिग्री की कोई जरूरत नहीं होती, क्लाइव के पास भी कोई डिग्री नहीं थी।" आज वह वीर हमारे बीच नहीं है। आह!!

भूमि का माप

(जर्मन 20 हेक्टेयर : 50 एकड़, अर्थात् 1 हेक्टेयर = 2) एकड़

गरीबी से आजादी

"'संपत्ति की आजादी'…जहाँ तक छोटे पूँजीपतियों और किसान संपत्ति मालिकानों का सवाल है, 'संपत्ति से आजादी' बन गई।"

शादी खुद, पहले की तरह, कानूनन मंजूर वेश्यावृत्ति का सरकारी चौंगा बना रहा…

(सिस्म साइंटिफिक ऐंड यूटोपियन)

——————— : * : ———————

मानसिक बंधन

"किसी शाश्वत शक्ति ने वह मानव समाज बनाया, जो आज हमारे सामने है, और 'श्रेष्ठ लोगों' तथा 'अधिकारी' को 'निम्न' वर्गों पर ईश्वरीय इच्छा से थोपा गया है।"

उपदेश मंचों, सभा मंचों तथा अखबारों द्वारा कही जानेवाली इसी बात ने लोगों के दिमाग को सम्मोहित किया है और यही शोषण के सबसे मजबूत स्तंभों में एक स्तंभ बन गया है।

('परिवार की उत्पत्ति' में अनुवादक की प्रस्तावना)

——————— : * : ———————

परिवार की उत्पत्ति

लेखक एंगेल्स

मोरगन ने आदिम समाज के इतिहास में सुसंगत व्यवस्था लाने की सबसे पहली कोशिश की।

वह इसे तीन मुख्य युगों (epochs) में विभाजित करता है—

1. असभ्यता (Savagery); (2) बर्बरता (Barbarianism) और (3) सभ्यता (Civilization)
2. असभ्यता का तीन अवस्थाओं में उप-विभाजन किया गया—
(1) निम्न (2) मध्य (3) उच्च

1. असभ्यता की निम्न अवस्था

मानव जाति का शिशुकाल। वृक्षों में निवास। (2) फलों, काष्ठ-फलों एवं कंद-मूल का भोजन। (3) इस कालावधि की मुख्य उपलब्धि स्पष्ट उच्चारण वाली भाषा का विकास है।

2. मध्य अवस्था

1. आग की खोज, 2. मछली का भोजन के रूप में उपयोग, 3. शिकार के लिए पत्थर के हथियारों का निर्माण, 4. नरभक्षण अस्तित्व में आया

3. उच्च अवस्था

1. तीर और कमान। (मिट्टी के बरतन नहीं), 2. गाँव में बसाहट, 3. भवन निर्माण के लिए लकड़ी का उपयोग, 4. कपड़ों की बुनाई। असभ्यता की अवस्था में तीर और कमान का वही उपयोग था, जो बर्बरता की अवस्था में तलवार का और सभ्य अवस्था में आग्नेय अस्त्रों का। ये श्रेष्ठता सिद्ध करनेवाले हथियार बन गए।

———: * :———

बर्बरता

1. निम्न अवस्था—

1. मिट्टी के बरतनों का उपयोग शुरू हुआ। पहले काष्ठ के बरतनों पर मिट्टी की परत चढ़ाई जाती थी। बाद में मिट्टी के बरतन बनाए जाने लगे।
2. मानवीय नस्लों का दो स्पष्ट श्रेणियों में विभाजन—
   (1) पूर्वी, जो पशुपालन करते थे और जिनके पास अनाज था।
   (2) पश्चिमी, जिनके पास सिर्फ 'अन्न' था।

2. मध्य अवस्था—

1.(अ) पश्चिमी गोलार्द्ध अर्थात् अमेरिका में वे खाद्यान्न के पौधे उगाते थे (कृषि सिंचाई) और भवन-निर्माण के लिए ईंटें पकाते थे।

(ब) पूर्वी : वे दूध और मांस के लिए पशु रखते थे। वहाँ इस अवस्था में कृषि की शुरुआत नहीं हुई थी।

3. उच्च अवस्था—

- लौह अयस्क को पिघलाना।
- लिपि का आविष्कार तथा अभिलेखों के लेखन के लिए इसका प्रयोग। इस अवस्था में खूब आविष्कार हुए। यह काल यूनानी नायकों का था।
- बड़े पैमाने पर अन्न उपजाने के लिए लोहे के हल को जानवरों से खींचा जाने लगा।
- वनों को काटकर खेती, लोहे की कुल्हाड़ी तथा फावड़े का उपयोग।
- **बड़ी उपलब्धियाँ :** (1) लोहे के उन्नत औजार, (2) धौंकनी, (3) हाथ चक्की, (4) कुम्हार का चाक, (5) तेल और मदिरा तैयार करना, (6) धातुओं को आकार देना, (7) चौपहिया गाड़ी

और रथ, (8) पानी के जहाज का निर्माण, (9) कलाकृतिपूर्ण वास्तु, (10) नगर और दुर्ग-निर्माण, (11) होमर युगारंभ और संपूर्ण मायथोलॉजी

इन उपलब्धियों के साथ यूनानियों ने तीसरी अवस्था 'सभ्यता' में प्रवेश किया।

सार-संक्षेप—

1. **असभ्यता :** वह समय, जब तैयार प्राकृतिक उत्पादों को मुख्य रूप से उपयोग में लाया जाता था; मानव ने अपनी बुद्धि से इन्हें प्राप्त करने में सहायक औजारों का निर्माण किया।

2. **बर्बरता :** पशुपालन, कृषि और मानव के द्वारा प्रकृति की उत्पादकता में वृद्धि के नए तरीकों को जानने का समय।

3. **सभ्यता :** प्राकृतिक उत्पादों के अधिक व्यापक उपयोग, विनिर्माण और कलाओं को सीखने का समय

——————— : * : ———————

"मानव विकास की इन तीन प्रमुख अवस्थाओं के अनुरूप परिवार के तीन मुख्य रूप रहे—

1. असभ्यता की अवस्था में, सामूहिक विवाह
2. बर्बर अवस्था में, युगल परिवार
3. सभ्य अवस्था में, एक-विवाह। इसमें व्यभिचार और वेश्यावृत्ति भी होने लगी। युगल परिवार और एक-विवाह के बीच, बर्बरता की उच्च अवस्था में महिला दासियों पर पुरुषों की सत्ता तथा बहुविवाह भी होते रहे।

——————— : * : ———————

विवाह के दोष

दस में से नौ मामलों में, विशेषकर लंबे समय तक साथ रहने से यह व्यभिचार की परिपूर्ण प्रशिक्षण शाला बन जाता है।

सामाजिक क्रांति और विवाह संस्था

अब हम एक ऐसी सामाजिक क्रांति की ओर बढ़ रहे हैं, जिसमें एक विवाह की पुरानी आर्थिक बुनियादें इसकी पूरक वेश्यावृत्ति की तरह ही विलुप्त हो जाएँगी। एक विवाह की शुरुआत काफी धन-संपत्ति के एक ही हाथ में, एक व्यक्ति के हाथ में जाने तथा उस व्यक्ति द्वारा यह संपत्ति अपनी ही संतानों को देने के कारण हुई। इससे स्त्री के लिए एक विवाह आवश्यक हो गया, लेकिन पुरुष के साथ ऐसा नहीं हुआ। लिहाजा महिलाओं के इस एक-पति विवाह से पुरुषों के खुले अथवा गुप्त बहु-पत्नी विवाह पर किसी भी तरह रोक नहीं लगी।

अब आनेवाली सामाजिक क्रांति से विरासत का पूरा मसला ही बदल जाएगा, क्योंकि स्थायी और विरासत में दी जानेवाली धन-संपदा, उत्पादन का साधन सामाजिक संपत्ति बन जाएगा। चूँकि एक-पति विवाह का कारण आर्थिक स्थितियाँ थीं, अतः क्या इसके कारण समाप्त हो जाने पर यह विलुप्त हो जाएगा ?

—————— : * : ——————

मेरे महबूब, तू आकर ये मेरा जाम तो भर दे
जो मुझे माजी औ' कल के दुःखों से परे कर दे
इक कल का ही दिवस क्यों कल होंगे मेरे साथ
हजारों बीते हुए साल, गमों-दर्दों-अलम परदे

—————— : * : ——————

शुगल-ए-मयनोशी का सामाँ हो, बियाबाँ की बहार
लौ-ए-जज्बात हो हेजान में मैदाँ का गुबार
दिलसबा जीनत-ए-हलू हो कोई जाम बदस्त
ताए-ए-सुल्तीनी भी इस ऐश पे कर दूँ मैं निसार

—उमर खय्याम

राज्य

राज्य में जोर-जबरदस्ती करने की राजकीय शक्ति होती है, जो इसके सदस्यों के संपूर्ण समूह से पृथक् होती है। [*एंगेल्स की रचना परिवार व्यक्तिगत संपत्ति और राज्य सत्ता की उत्पत्ति*]

राज्य की उत्पत्ति

जनजातियों के बीच पुराने झगड़ों का विकृत रूप—मवेशी, गुलामों तथा खजानों को हथियाने के लिए जमीन और समुद्र पर बाकायदा लूट। संक्षेप में, दौलत की सबसे ज्यादा तारीफ और इज्जत की जाती है और दौलत की जबरदस्ती लूट को सही ठहराने के लिए सामान्य जन की पुरानी संस्थाओं का बेजा इस्तेमाल किया जाता है—एक ऐसी संस्था, जिसने ईमानदार लोगों की सामुदायिक परंपरा के विरुद्ध निजी व्यक्तियों की नई हासिल संपत्ति को न केवल हथिया लिया, जिसने न केवल पूर्व में तिरस्कृत निजी संपत्ति को पवित्र घोषित कर दिया और इस पवित्र संपत्ति की रक्षा को मानव समाज का सबसे बड़ा मकसद बना दिया, बल्कि जिसने क्रमिक रूप से बढ़ते तरीकों को समाज की सामान्य स्वीकृति से सही भी घोषित कर दिया।

एक संस्था, जिसने वर्गों के बीच नए रूप से बढ़ते विभाजनों को न केवल स्थायी स्वरूप दे दिया, बल्कि जिन वर्गों के पास दौलत है, उन्हें दौलतहीन वर्गों के शोषण का अधिकार भी दे दिया। और यह संस्था मजबूत थी। राज्य की उत्पत्ति।

अच्छी सरकार की परिभाषा

"अच्छी सरकार कभी भी स्व-शासन का विकल्प नहीं हो सकती।"

—हैनरी कैंपबेल बेनरमैन

"हम आश्वस्त हैं कि सरकार का सिर्फ एक रूप है, जिसे कुछ भी नाम दिया जाए, लेकिन इसमें मूल नियंत्रण लोगों के हाथों में होता है।"

—अर्ल ऑफ बालफौर

—————— : * : ——————

धर्म

"धर्म के विषय में मेरा अपना विचार ल्यूक्रेशियस है। मैं इसे भय से उत्पन्न बीमारी और मानव जाति के अकथनीय कष्टों की जड़ मानता हूँ। बहरहाल, मैं इस बात से इनकार नहीं कर सकता कि इसने सभ्यता के विकास में कुछ योगदान किया है। इसने प्रारंभिक अवस्था में कलेंडर निर्धारित करने में मदद की और इसने मिस्र के पुरोहितों को ग्रहणों का वृत्तांत इतनी दक्षता से तैयार करने में मदद की कि एक समय वे इसका पूर्वानुमान करने में समर्थ हो गए। मैं इन दो सेवाओं को मान्य करने के लिय तैयार हूँ। उसकी किसी अन्य सेवा के बारे में मुझे नहीं पता।"

—बर्ट्रेंड रसेल*

परोपकारी निरंकुशता

मोंटेग-चेम्सफोर्ड ने ब्रिटिश सरकार को एक 'परोपकारी निरंकुशता' कहा और ब्रिटिश लेबर पार्टी के साम्राज्यवादी नेता रेम्जे मैक्डोनॉल्ड के अनुसार, यह देश को 'परोपकारी निरंकुशता' के साथ चलाने की हरचंद कोशिश करती

* *नोट : महान् गणितज्ञ और दार्शनिक बर्ट्रेंड आर्थर विलियम रसेल (1872-1972)*

है, जिसमें शासित लोगों को कुचला जाता है। "वे हुक्म मानने वाली प्रजा बन जाते हैं, कार्य करनेवाले नागरिक नहीं। उनका साहित्य, उनकी कला, उनकी आध्यात्मिक अभिव्यक्ति खो जाती है।"

——————— : * : ———————

भारत सरकार

सेक्रेटरी ऑफ स्टेट फॉर इंडिया रिटा. माननीय एड्विन एस. मोनटेग ने 1917 में हाउस ऑफ कॉमंस में कहा—"भारत सरकार इतनी धूर्त, इतनी सख्त, इतनी गैर-लचीली, इतनी पुरातनपंथी है कि यह आधुनिक उद्देश्यों को पूरा करने में उपयोगी हो ही नहीं सकती। भारत सरकार समर्थन के योग्य नहीं है।"

भारत में ब्रिटिश शासन

डॉ. रुदफोर्ड के शब्दों में—"भारत में ब्रिटिश शासन जैसे चलाया जा रहा है, वह दुनिया में सरकार की सबसे निकृष्ट और सबसे अनैतिक प्रणाली 'एक राष्ट्र द्वारा दूसरे का शोषण' है।"

आजादी और अंग्रेज

"अंग्रेज आजादी को स्वयं अपनी खातिर ही प्यार करते हैं। वे अन्याय की सभी काररवाइयों से घृणा करते हैं, सिवाय उनके जो वे स्वयं करते हैं। वे ऐसे आजादी प्रेमी लोग हैं कि कांगो में दखलंदाजी करते हैं और बेल्जियनों पर 'शर्म-शर्म' चिल्लाते हैं, लेकिन वे भूल जाते हैं कि उनकी एड़ियाँ भारत की गरदन पर हैं।"

—एक आयरिश लेखक*

* *नोट : जेम्स रेम्जे मैक्डोनॉल्ड (1866-1937) ब्रिटिश राजनयिक और ब्रिटिश लेबर पार्टी का संस्थापक सदस्य, 1923-24 तथा 1929-35 में ब्रिटेन का प्रधानमंत्री रहा।*

जन प्रतिशोध

लिहाजा हमें यह समझना चाहिए कि इस तरह सजा देने का विचार मनुष्यों में कैसे आया?

वे उसे उन्हीं सरकारों से सीखते हैं, जिसके अंतर्गत वे जी रहे होते हैं, बदले में वही सजा देते हैं, जिसको भोगने के वे आदी हो चुके होते हैं। उसी तरह प्रतिशोध लेते हैं। शूल पर टँगे कटे हुए सिर कई वर्षों तक टेंपिल बार बने रहे। यह खौफनाक मंजर किसी भी तरह उस मंजर से अलग नहीं था, जो पेरिस में हुआ था; फिर भी ब्रिटिश सरकार ने किया। शायद उसके लिए यह कोई मायने नहीं रखता, लेकिन जिंदा लोगों के लिए यह मायने रखता है। इससे या तो उनकी भावनाएँ आहत होती हैं या उनके दिल मजबूत हो जाते हैं। दोनों ही हालात में उन्हें यह सीख मिलती है कि जब उनके हाथ में ताकत आए तो सजा किस तरह दी जानी चाहिए।

इसकी जड़ को काटिए और सरकारों को इनसानियत सिखाइए। उसकी ये खूँरेज सजाएँ, जो मानव जाति को कलंकित करती हैं, लोगों के सामने रखे गए ये बेदर्दी के मंजर उनकी कोमलता को नष्ट करते हैं अथवा उनमें प्रतिशोध की भावना जगाते हैं, और विवेक की बजाय आतंक के जरिए शासन करने का नीच और झूठा विचार उनके लिए नजीर बन जाता है। *(राइट्स ऑफ मैन टी. पेन)*

राजा और राजतंत्र

राष्ट्र ने क्रांति लुई सोलहवें के खिलाफ नहीं, बल्कि शासन के निरंकुश सिद्धांतों के खिलाफ की थी। इन सिद्धांतों की उत्पत्ति उसने नहीं, बल्कि सदियों पहले मूल व्यवस्था में हुई थी। इसकी जड़ें इतनी गहरी हो गईं कि उन्हें हटाना संभव नहीं था। परजीवी (वियों) और लुटेरों के ऑजियन स्टेबल इतने ज्यादा गंदे हो गए थे कि उन्हें सिर्फ पूर्ण क्रांति से ही साफ किया जा सकता था। जब कुछ करना आवश्यक हो जाता है, तो इसमें पूरे मन और आत्मा को लगाया

जाना चाहिए या फिर उसे करना ही नहीं चाहिए—राजा और राजतंत्र विशिष्ट और अलग-अलग चीजें थीं, और यह क्रांति राजा के व्यक्तित्व और सिद्धांतों के विरुद्ध हुई थी।

———————— : * : ————————

प्राकृतिक और नागरिक अधिकार

मनुष्य समाज में इसलिए नहीं आया कि वह पहले से भी बदतर हो जाए, बल्कि इसलिए आया कि उसके अधिकार बेहतर तरीके से सुरक्षित हो जाएँ। उसके प्राकृतिक अधिकार उसके सभी नागरिक अधिकारों की बुनियाद हैं।

प्राकृतिक अधिकार उसके अस्तित्व के अधिकार से संबंधित हैं (बौद्धिक-मानसिक आदि)।

नागरिक अधिकार वे हैं, जिनका संबंध मनुष्य के समाज का सदस्य होने से है।

राजा का वेतन

एक व्यक्ति के भरण-पोषण के लिए किसी देश के सार्वजनिक टैक्सों में से दस लाख स्टर्लिंग सालाना देने की बात करना अमानवीय है, जबकि हजारों लोग, जो इसमें योगदान करने के लिए मजबूर किए जाते हैं, अभाव से त्रस्त और बदहाली से जूझ रहे हैं। सरकार जेलों और राजमहलों के बीच या कंगाली और शान-शौकत के बीच किसी समझौते के रूप में नहीं होती; यह इसलिए नहीं गठित की जाती कि जरूरतमंद से उसकी दमड़ी भी लूट ली जाए और खस्ताहालों की दुर्दशा और बढ़ा दी जाए।

———————— : * : ————————

मुझे आजादी दो या मौत

"श्रीमान, इस बात के महत्त्व को कम करना फिजूल है। सरकार 'अमन, अमन' भले ही चिल्लाती हो, लेकिन अमन नहीं है। वास्तव में जंग शुरू हो चुकी है। उत्तर की ओर से आनेवाली झंझा से हमारे कानों में हथियारों की टकराहट की तेज आवाज सुनाई देती है। हमारे भाई मैदाने-जंग में हैं। हम यहाँ बेकार क्यों खड़े हैं? आखिर ये भले मानुष चाहते क्या हैं? उन्हें क्या मिलेगा? क्या जिंदगी इतनी प्यारी या अमन इतनी अच्छी चीज है कि जिसे जंजीरों तथा गुलामी की कीमत पर खरीदा जाए? हे परमात्मा! इसे रोको। मुझे नहीं पता कि दूसरे क्या रास्ता अख्तियार करेंगे? जहाँ तक मेरा सवाल है, तो मुझे आजादी दो या मौत।"

—पैट्रिक हेनरी*

——————— : * : ———————

श्रम का अधिकार

"जो कोई भी कठिन श्रम से कोई चीज पैदा करता है, उसे यह बताने के लिए खुदा के किसी पैगाम की जरूरत नहीं कि पैदा की गई चीज पर उसी का अधिकार है।"

—रॉबर्ट जी. इंगरसोल

"हम इसे भयानक मानते हैं कि लोगों के सिर कट जाएँ, लेकिन हमें उस मृत्यु के खौफ के बारे में नहीं बताया गया है, जो गरीबी और अत्याचार द्वारा व्यापक आबादी पर थोप दी गई है।"

—मार्क ट्वेन

——————— : * : ———————

* *नोट : पैट्रिक हेनरी (1736-1790) : अमेरिकी स्वतंत्रता संग्राम के नेताओं में से एक प्रखर वक्ता और सांसद।*

अराजकतावादी

"...अराजकतावादियों तथा बगावत के उपदेशकों का भी प्रतिनिधित्व है; अगर पाठकों को कुछ चीजें उन्माद फैलाने वाली लगती हैं, तो मैं यही कहूँगा कि उन्हें इसके लिए आस्थावान संकलनकर्ता (anthologist) को दोष नहीं देना चाहिए, और लेखक को भी नहीं। उसे खुद को दोष देना चाहिए, जिसने ऐसी परिस्थितियों को खामोश रहकर स्वीकारा, जिनके चलते उसके देश-समाज के लोग पागलपन और निराशा की चरम सीमा पर जा पहुँचे हैं।"

—यूटोपियन सिंक्लेयर,

प्रीफेस क्राई फॉर जस्टिस

———————— : * : ————————

बूढ़ा मजदूर

"...वह (बेरोजगार बूढ़ा मजदूर) अपनी उम्र, कुदरत और हालात से कशमकश कर रहा था। समाज, कानून और व्यवस्था के बोझ ने उसकी खुद्दारी और आजादी छीन ली...उसने किसानों का दरवाजा खटखटाया और उसे सिर्फ वहाँ भला आदमी मिला (वह सिर्फ मनुष्य में ही अच्छाई पा सका)—न कानून में, न व्यवस्था में, बल्कि सिर्फ व्यक्ति में।"

—रिचर्ड जेफरीज-II

गरीब मजदूर

"...और हम लोग, जिन्होंने इसका अंजाम देने का बीड़ा उठाया, इस दुनिया में कुजात ही रहे। एक अंधी किस्मत, एक विराट् निर्मम तंत्र ने काट-छाँटकर हमारे अस्तित्व का ढाँचा निर्धारित कर दिया। हम उस वक्त तिरस्कृत हुए जन हम सबसे अधिक उपयोगी थे। हमें उस वक्त दुत्कार दिया गया, जब

हमारी जरूरत नहीं थी और हमें उस वक्त भुला दिया गया, जब हमारे ऊपर विपत्तियों का पहाड़ टूटा हुआ था। हमें बीहड़-बंजर साफ करने के लिए उसकी सारी आदिम भयंकरताओं को दूर करने के लिए तथा उसके विश्व-पुरातन अवरोधों को छिन्न-भिन्न कर डालने के लिए भेज दिया जाता। हम जहाँ भी काम करते, वहाँ एक दिन एक नया शहर जन्म ले लेता; और जब यह जन्म ले ही रहा होता, तब यदि हममें से कोई वहाँ चला जाता, तो उसे 'बिना निश्चित पते का आदमी' कहकर पकड़ लिया जाता और सिरफिरा-आवारा कहकर उस पर मुकदमा चलाया जाता।"

—'चिल्ड्रन ऑफ दि डेड ऐंड' से
पेट्रिक मेकगिल सी.जे.

———————— : ✻ : ————————

नैतिकता

"उस शख्स के लिए नैतिकता और धर्म महज अल्फाज हैं, जो जिंदगी चलाने के लिए नालियों में से मछली पकड़ता है, और सर्द रात के ठंडे झोंकों से बचने के लिए गली में रखे बैरल्स के पीछे सिकुड़ जाता है।"

—होरेस ग्रीले*

———————— : ✻ : ————————

भूख

"किसी हुक्मरां से यह उम्मीद की जाती है कि उसकी हुकूमत में कोई भी ठंड और भूख से पीड़ित न हो। आदमी के पास जब जिंदगी के लिए जरूरी मामूली चीजें भी न हों तो वह नैतिकता के मापदंड कैसे कायम रख सकता है?"

—कोंको होशी, बौद्ध भिक्षु, जापान, 14वीं शताब्दी

* *अमेरिकी पत्रकार और राजनीतिज्ञ होरेस ग्रीले (1811-1872)*

आजादी

मनुष्य, तुम वीर और स्वतंत्र होने का करते हो दावा
यदि धरती पर एक भी गुलाम मौजूद है
तो तुम कैसे कर सकते हो यह दावा ?
यदि तुम्हारे देश में आज भी गुलामी का अस्तित्व है
फिर तुम अपने सीने पर आजादी
और बहादुरी का तमगा कैसे लगा सकते हो ?
क्या तुम सचमुच नीच गुलाम नहीं हो
जब तक तुम्हारे अपने भाई तकलीफ में हैं
क्या तुम आजाद होने के काबिल हो ?
हमारे अपने लोगों को जंजीरों से
मुक्त कराना ही सच्ची आजादी है
हम मानव जाति के कर्जदार हैं
क्या यह भूल जाना सच्ची आजादी है ?
नहीं ! सच्ची आजादी है
अपने जो लोग जंजीर में जकड़े हैं
उनका दर्द महसूस करना
और तन-मन से उन्हें मुक्त कराने में जुट जाना।
गुलाम वे हैं, जो
मजलूमों और कमजोरों के हक में बोलने से डरते हैं,
गुलाम वे हैं, जो
नफरत, उपहास और गाली का
सामना करने के बजाय
सिकुड़े हुए चुपचाप बैठे रहते हैं।
गुलाम हैं वे, जो गलत होने के
बावजूद होंगे बहुमत में
बजाय सही होने के बावजूद अल्पमत में।

—जेम्स रसेल लॉवेल*

---

* *नोट : जेम्स रसेल लॉवेल, अमेरिकी कवि, निबंकार और संपादक (1819-91)*

सागर की अतल गुफाओं की गहराई में
प्रशांत पवित्रतम रश्मियों की अनंत मणियाँ भरी पड़ी हैं
अदृश्य लालिमा से अनंत फूल खिलते हैं
और रेगिस्तान की हवा में अपनी सुरभि खो देते हैं।

———————— : * : ————————

आविष्कार

अभी तक यह प्रश्न अनुत्तरित है कि क्या अभी तक जिन यंत्रों का आविष्कार हुआ है, उनसे किसी मनुष्य की मेहनत में कमी आई है।"

—जे.एस. मिल*

भीख

"धरती पर कोई भी व्यक्ति उस व्यक्ति से अधिक नफरत के काबिल और हमदर्दी के नाकाबिल नहीं है, जो भीख देता है। उससे भी ज्यादा कोई अधर्मी नहीं है, जो उसे स्वीकार करता है।"

—मैक्सिम गोर्की**

———————— : * : ————————

स्वतंत्रता (Liberty)

उन युवाओं के शव,
वे शहीद, जो फाँसी पर झूल गए
वे हृदय, जो धूसर सीसे से छिद गए
वे भले ही ठंडे और बेजान दिखाई दें,
वे कहीं और जीवित रहते हैं
जीवित, जीवंत।

---

* *जान स्टुअर्ट मिल, अंग्रेज निबंधकार और उदारवादी दार्शनिक (1803–73)*

** *मैक्सिम गोर्की, प्रसिद्ध रूसी सर्वहारा क्रांतिकारी लेखक*

हे राजा! वे फिर से तुम्हें ललकारने
दूसरे युवाओं में जिंदा रहते हैं,
मृत्यु ने उन्हें कर दिया है पवित्र—
शिक्षित और गौरवान्वित!

स्वतंत्रता के शहीदों की कब्र नहीं होती
उनसे उगते हैं स्वतंत्रता के बीज, फिर बीज से बीज।
जिन्हें हवा ले जाती है दूर और पुनः बो देती है,
वर्षा और बर्फ उनका करते हैं पोषण।
जालिम का कोई हथियार उसे मार नहीं सकता,
उसकी आत्मा धरती पर विचरती है अजेय
फुसफुसाती, परामर्श देती, खबरदार करती!

—वाल्ट व्हिट्मैन*

: * :

मुक्त चिंतन

"हर उस चीज पर करारी चोट पड़नी चाहिए, जो मुक्त चिंतन को सहन नहीं कर सकती।"

—वेंडेल फिलिप्स**

: * :

राज्य

"राज्य से दूर! मैं उस क्रांति में शामिल होऊँगा। राज्य की संपूर्ण धारणा की जड़ खोदी जाने दो, मुक्त विकल्प और आध्यात्मिक धारणा को किसी भी

---

* *वॉल्ट व्हिटमैन (1819–92) : प्रसिद्ध अमेरिकी कवि*

** *विडेल फिलिप्स (1811–1884) : अमेरिकी वक्ता, सुधारक और दासता विरोधी आंदोलन के सक्रिय कार्यकर्ता*

संघ की सबसे महत्त्वपूर्ण स्थिति बनने दो, और तब उस मुक्ति की शुरुआत होगी, जिसका कोई मोल है।"

—हेनरिक इब्सन*

———————— : * : ————————

दमन

"बेशक दमन किसी समझदार को पागल बना देता है।"

———————— : * : ————————

शहीद

वह शख्स, जो अपने लोगों द्वारा की जानेवाली नाइनसाफियों के खिलाफ जिंदगी लगा देता है, अपनी जिंदगी की भी बाजी लगा देता है, वह संत है, उस शख्स की तुलना में, जो बेरहमी और नाइनसाफी का सक्रिय और निष्क्रिय समर्थन करता है, भले ही उसके विरोध से उसकी अपनी जिंदगी के साथ-साथ अन्य जिंदगियाँ भी क्यों न नष्ट हो जाती हों। ऐसे व्यक्ति पर पहला पत्थर मारने का हकदार वही हो सकता है, जिसने कभी कोई पाप न किया हो।

निम्न वर्ग

जब तक निम्न वर्ग है, मैं उसमें हूँ।
जब तक कोई मुजरिम है, मैं उसमें हूँ।
जब तक कोई जेल में बंदी है, मैं मुक्त नहीं हूँ।

—यूजीन बी. डेस**

———————— : * : ————————

* *हेनरिक इब्सन (1882–1906) : नॉर्वे के प्रसिद्ध नाटककार*

** *यूजीन डेब्स (1855–1926) : अमेरिकी समाजवादी नेता*

एक बनाम सब

मौजूदा सामाजिक व्यवस्था एक हास्यास्पद संरचना है, जिसमें संपूर्ण के अंश इस संपूर्ण के विरुद्ध एक टकराव में सक्रिय हैं। हम समाज के हर एक वर्ग में लालसा देखते हैं, जिसकी इच्छा रहती है कि अन्य वर्गों का बुरा हो। 'सर्वजन हिताय' की जगह हर तरह से अपने हित को ऊपर रखा जाता है। वकील चाहता है कि मुकदमे और नालिश हों, 'खासकर पैसेवालों' के बीच; चिकित्सक चाहता है कि बीमारियाँ हों (यदि हर व्यक्ति बीमारी के बिना मर जाएगा, तो चिकित्सक बरबाद हो जाएगा, और अगर सभी झगड़े समझौते से निपट गए, तो वकील बरबाद हो जाएगा)। फौजी जंग चाहता है, जिसमें उसके आधे साथी मारे जाएँ और उसकी पदोन्नति हो जाए; अंत्येष्टि कराने वाला कफन-दफन की कामना करता है। एकाधिकारवादी और जमाखोर अकाल चाहते हैं, ताकि अनाज की कीमत दोगुनी या तिगुनी हो जाए। वास्तुविद्, बढ़ई, राजगीर अग्निकांड चाहते हैं, ताकि सैकड़ों घर जल जाएँ और उन्हें काम मिले।

—**चार्ल्स फाउरियर** (1772-1837)*

———— : * : ————

नया उपदेश

"समाज कत्ल, व्यभिचार अथवा धोखेबाजी की अनदेखी कर सकता है; यह नए उपदेश (नए सिद्धांत) को कभी माफ नहीं कर सकता।"

—**फ्रेडरिक हेरिसन****

———— : * : ————

* *फ्रांस्वा मेरी चार्ल्स फूरिए (1772-1837) : फ्रांसीसी समाजवादी लेखक*

** *फ्रेडरिक हेरिसन (1831-1923) : प्रसिद्ध विधिवेत्ता : इतिहास, राजनीति और साहित्य पर कई पुस्तकों के लेखक*

आजादी का पेड़

"आजादी के पेड़ को समय-समय पर देशभक्तों और जालिमों के खून से सींचते रहना चाहिए। यह प्राकृतिक खाद है।"

—थॉमस जेफरसन *

—————: * :—————

शिकागो के शहीद

तब कहिए कि मनुष्य ने गंभीर त्रुटि की, यदि उसकी त्रुटि उस त्रुटि से दस गुना ज्यादा है, जो उसके बलिदान के कारण मानव की स्मृति से धुल जानी चाहिए

—खुलकर मंजूर है कि विरोध करने का उनका कोई तरीका, जिसे वे सबसे अच्छा मानते थे, एकदम गलत और असंभव था। माना कि उन्होंने काम का सबसे अच्छा तरीका नहीं अपनाया। लेकिन वह क्या था, जिसने उन्हें मौजूदा सामाजिक व्यवस्था के खिलाफ जाने को प्रेरित किया? वे और उनके साथ खड़े होनेवाले हजारों लोग बुरे नहीं थे, और न दुष्ट, न खून के प्यासे, न बेरहम, न मुजरिम, न खुदगर्ज, न पागल। तब वह क्या चीज थी, जिसने इतने तीखे और गहरे प्रतिवाद को उकसावा दिया?

—किसी ने कभी इस तथ्य पर विचार नहीं किया कि लोग बिना इस विश्वास के खिलाफत की ओर नहीं मुड़ते कि उन्हें किसी चीज की खिलाफत करनी है, और यह कि समाज की किसी भी संगठित स्थिति में किसी भी व्यापक विरोध की गंभीरता से पड़ताल होनी चाहिए।

—चार्ल्स एड्वर्ड रसेल

—————: * :—————

---

* *थॉमस जेफरसन (1743–1826) : अमेरिकी के तीसरे राष्ट्रपति, अमेरिकी स्वतंत्रता संग्राम के अग्रणी नेता और संविधान निर्माताओं में प्रमुख*

एक क्रांतिकारी की वसीयत

"मैं भी चाहता हूँ कि मेरे दोस्त मेरे बारे में बहुत कम या कुछ भी न बोलें, क्योंकि सब इनसानों की तारीफ होती है, तो नकली देवता बन जाते हैं, और यह मानव जाति के भविष्य के लिए बहुत बुरी बात है...सिर्फ काम का अध्ययन, उसकी सराहना या आलोचना की जानी चाहिए। इससे फर्क नहीं पड़ता कि उसे किसने किया? यदि वे जनहित में योगदान करनेवाले हों तो उनकी तारीफ की जाए, ताकि जनहित के किसी कार्य में योगदान के लिए उन्हें दोहराया जा सके।

यदि ये जनसामान्य के लिए नुकसानदेह माने जाएँ तो उनकी आलोचना की जाए, ताकि वे दोहराए न जाएँ।

"मेरी अपेक्षा है कि किसी भी अवसर पर, चाहे वह पास हो अथवा दूर, किसी भी कारण से मेरे अवशेषों के सामने कोई राजनीतिक प्रदर्शन अथवा धार्मिक कार्य न किए जाएँ, क्योंकि मैं मानता हूँ कि मृतकों के प्रति समर्पित किए जानेवाले समय को जिंदा लोगों के हालात सुधारने में लगाया जाना बेहतर होगा, जिनमें से ज्यादातर को इसकी जरूरत है।"

—फ्रांसिस्को फैरेर की वसीयत

स्पेनिश शिक्षक (1859-1909)*

: * :

खैरात (दान)

"मेरे पीछे आओ," ईसा मसीह ने धनी युवक को कहा, "अपनी जगह रहकर खैराती कामों में पैसा लगाना तुलनात्मक रूप से आसान परोपकारी काम हर युग में बहुत प्रचलन में रहा है। खैरात से गरीबी से उत्पन्न बगावत

---

* *जिसे धर्म पुरोहितों द्वारा बार्सिलोना दंगों के बाद दुश्मनीवश एक षड्यंत्र के तहत फाँसी दे दी गई*

की धार भोथरी हो जाती है। अत: परोपकारी धनी आदमी अपने सरीखे दौलतमंदों का ही हितैषी होता है, और उन्हीं की एहसानमंदी महसूस करता है। उसके लिए सभ्य समाज के सभी दरवाजे फटाफट खुल जाते हैं। वह खैरात देने को सामाजिक टिश्यू के गहरे घाव पर प्लास्टर के रूप में मानने की बात स्वीकार नहीं करता। परोपकार को न्याय के एक विकल्प के रूप में उन्होंने कतई तरजीह नहीं दी।

"खैरात दोहरे रूप में अभिशप्त है, इससे खैरात देने वाले की अकड़ बढ़ जाती है और लेने वाले की विनम्रता। इससे गरीबों का शोषण से ज्यादा नुकसान होता है, क्योंकि इससे वे शोषित होने को राजी हो जाते हैं। इससे दासता बढ़ती है, जो नैतिक आत्महत्या है। ईसा मसीह ने अथाह दौलत के लिए सिर्फ एक ही इजाजत दी थी और वह यह थी कि उसे क्रांतिकरी प्रचार के लिए समर्पित कर दिया जाए, ताकि बाद में अथाह दौलत का जमा होना ही हमेशा के लिए असंभव हो जाए।"

—बाउक व्हाइट, क्लेरगीमेन,

जन्म 1874, अमेरिका

———————— : * : ————————

आजादी के लिए लड़ाई

फौजी ताकत दिखाई देती है
साकार और देश-काल की परिधि में
लेकिन उस ताकत की सीमा कौन बाँधेगा ?
जो बहादुर लोग प्रकाश में ला सकते हैं
अथवा इच्छानुसार छुपा सकते हैं—आजादी की लड़ाई के लिए
सिर्फ बदला लेने के लिए कदम आगे नहीं बढ़ सकते,
कोई आँख, किसी घातक स्थान तक नहीं जा सकती

वह ताकत, वह जोश भले ही हवा पर सवार हो,
झंझा की तरह, अथवा सो रहा हो मंद वायु की तरह
इसकी प्रशांत गुफाओं में साल-दर-साल
यहाँ वसंत आएगा और पास;
कोई हुनर इस सूक्ष्म तत्त्व को बाँध नहीं सकता,
मिट्टी से उठते पानी की तरह पाने के लिए
हर कोने में एक होंठ, जो कह सके वाह-वाह!

(डब्ल्यू वड्र्सवर्थ)*

: * :

लाइट ब्रिगेड का धावा

हाफ ए लीग लीग, हाफ ए लीग
हाफ ए लीग आगे
मौत की घाटी में सभी
घोड़े पर सवार छह सौ सैनिकों ने किया प्रवेश
उसने कहा, "लाइट ब्रिगेड, आगे बढ़ो!
तोपों पर धावा बोलो!"
मौत की घाटी में छह सौ
सैनिकों ने किए प्रवेश।
"आगे बढ़ो, लाइट ब्रिगेड!"
क्या किसी का जोश कम हुआ?
नहीं, हालाँकि सैनिकों को पता था
नहीं, किसी से गलती हुई।
किसी ने नहीं दिया जवाब, वजह ही नहीं थी सिर्फ करो या मरो
मौत की घाटी में छह सौ सैनिकों ने किया प्रवेश।
उनके दाईं ओर तोपें बाईं ओर तोपें, सामने तोपें
उगलतीं आग गर्जना के साथ;

---

* *विलियम वड्र्सवर्थ (1750-1850) : प्रसिद्ध अंग्रेज कवि*

उनके गोलों का सामना करते हुए
वे बहादुरी से आगे बढ़े
मौत के जबड़ों में मौत के मुँह में
छह सौ सैनिकों ने किया प्रवेश।
उन्होंने अपनी नंगी
तलवारें निकालीं
उन्हें हवा में लहराया
सामना करते हुए तोपचियों का
बढ़ते गए आगे
दुनिया उन्हें अचरज से
देखती रही
वे बैटरी के धुएँ में समा गए
पंक्ति तोड़कर सीधे चले गए
कोसेक और रशियन
चकरा गए तलवार के वार से
हो गए तितर–बितर
फिर पीछे हट गए,
लेकिन वे छह सौ सैनिक
नहीं हटे पीछे।
उनके दाईं ओर तोपें
उनके बाईं ओर तोपें
उनके पीछे तोपें
गोले बरसातीं गर्जना के साथ;
गोलियों का सामना करते हुए
जब उनका नायक और घोड़े
गिर गए
जो खूब लड़े, बखूबी लड़े
मौत के जबड़े से निकले
मौत के मुँह से बाहर आए
छह सौ सैनिकों में से

बहुत कम थे बचे।
उनका गौरव कब कम हो सकता है
उन्होंने क्या गजब धावा बोला!
पूरी दुनिया अचरज में थी
सम्मान करो उस आक्रमण का
लाइट ब्रिगेड का सम्मान करो
उन महान् छह सौ सैनिकों का!

—लॉर्ड टेनीसन

——————: * :——————

दिल दे तो इस मिजाज का परवरदिगार दे
जो गम की घड़ी को भी खुशी से गुजार दे।

——————: * :——————

सजाकर मय्यत-ए-उम्मीद नाकामी के फूलों से
किसी हमदर्द ने रख दी मेरे टूटे हुए दिल में

——————: * :——————

छेड़ न ऐ फरिश्ते! तू जिक्र-ए-गम-ए-जाना ना
क्यों याद दिलाते हो भूला हुआ अफसाना

जन्मसिद्ध अधिकार

हम उन पुरखों की संतानें जिन्होंने जंग लड़ी और जुल्म
को खत्म कर पहना ताज उन्होंने मैदान और मचान
का लिया नहीं सहारा अपना जन्मसिद्ध अधिकार पाने—
हम भी ऐसा ही करेंगे।

—जे. कैंपबेल

——————: * :——————

आदर्श की गरिमा

आह ! व्यर्थ घृणा के लिए नहीं,
सम्मान, प्रसिद्धि, आत्मप्रशंसा के लिए नहीं
अपने आदर्श की गरिमा के लिए
आपने जो किया, वह भुलाया नहीं जाएगा।

—ऑर्थर क्लोघ

———————— : * : ————————

आत्मा की अमरता

अगर आप जानते हैं कि अमरता में विश्वास रखनेवाला कोई व्यक्ति आपको एक बार मिल जाएगा, तो आपके पास कामना करने के लिए कुछ नहीं रह जाएगा; उसके पास दुनिया में जो कुछ है, वह सबकुछ आप उससे ले सकते हैं, अगर आप चाहें तो उसकी जिंदा खाल खिंचवा सकते हैं, और वह हँसते-हँसते उसे सह लेगा।

—अपटोन सिनक्लेयर, 403 सी.जे.

———————— : * : ————————

ईश्वर जालिम है ?

एक अत्याचारी शासक के लिए जरूरी है कि वह जाहिर तौर पर धर्म में असाधारण आस्था दिखाए। जालिम को धर्म के प्रति समर्पण का बहुत अच्छा मुखौटा पहनना पड़ता है। प्रजा उस शासक के गैर-कानूनी व्यवहार पर कम शंका करती है, जिसे वह ईश्वर से डरने वाला और धार्मिक समझती है। दूसरी ओर वह उसकी खिलाफत कम करती है, यह भरोसा करते हुए कि ईश्वर उसकी तरफ है।

फौजी और विचार

"यदि मेरे सैनिक सोचना शुरू कर दें, तब तो उनमें से कोई भी सेना में नहीं रहेगा !"

—फ्रेडरिक दि ग्रेट

———————— : * : ————————

सर्वोत्तम की मौत

जो सर्वोत्तम थे उनकी मौत हो गई
और गुमनाम उन्हें दफना दिया गया तन्हा जगह पर
उनके लिए नहीं गिरा कोई आँसू
अजनबी हाथ उन्हें ले गए कब्र तक
क्रॉस नहीं, ताबूत नहीं, और न कब्र पर पत्थर
उनका यशस्वी नाम बताने को
उन पर घास उग आई, नाजुक घास
जो झुककर रहस्य बनाए रखती है
मात्र गवाह थीं सरसराती लहरें
जो भयानक शोर के साथ टकरा रही थीं
किनारे से,
लेकिन वे ताकतवर लहरें भी
उस दूरस्थ घर तक विदाई का
संदेश नहीं ले जा सकीं।

—वी.एन. फिंगर

———————— : * : ————————

जेल

न सितारे थे, न धरती, न समय
न बाधा, न बदलाव, न अच्छाई न अपराध
लेकिन खामोशी और धीमी श्वास
जो न जीवन की थी, न मृत्यु की।

—दि प्रिजनर ऑफ चिल्लॉन

: * :

कसूरवार ठहराए जाने के बाद

उसको सजा सुनाए जाने के बाद जो लम्हे आते हैं, उनमें कसूरवार ठहराए गए शख्स का मन कई तरह से मौत की हालत जैसा हो जाता है। खामोश और उतना ही बे-साँस, वह जो छोड़ने जा रहा है, एक हक, उससे चिपके रहना नहीं चाहता, बल्कि अपने सामने देखता रहता है, इस बात से पूरी तरह वाकिफ कि क्या होने जा रहा है ?

—वी.एन. फिंगर

: * :

कैदी

नीची, गंदी छत के नीचे दम घुटता है
साल-दर-साल मेरी ताकत कम होती है
वे मुझे सताते हैं यह पत्थर का फर्श
यह खटिया, यह कुरसी दीवारों से बँधी हुई
जैसे कब्र के तख्त इस अनंत, गूँगी, गहरी खामोशी में
कोई सिर्फ खुद को एक लाश महसूस कर सकता है।

—एन.ए. मोरोजोव

: * :

नंगी दीवारें, कैदखाने के खयाल
तुम कितने स्याह और गमजदा हो
काहिल कैदी होना कितना मुश्किल है
जब हो बरसों की आजादी का ख्वाब।

—मोरोजोव

————————— : * : —————————

तुझे जबाह करने की खुशी, मुझे मरने का शौक
मेरी भी मर्जी वही है, जो मेरे सय्याद की है

————————— : * : —————————

यहाँ हर शै खामोश, बेजान, बेनूर है
सालों बीतते हैं, बेकार, छोड़े बिना कोई निशां
हफ्ते और दिन होते हैं कितने बोझिल
सिर्फ उदास उकताहट लिये

—मोरोजोव

————————— : * : —————————

लंबे अरसे तक कैद में हमारी सोच हो जाती है कुंद
हड्डियों में भारीपन का एहसास
सितम के दर्द से लम्हे लगते हैं कभी न खत्म होनेवाले
इस कोठरी में, जो सिर्फ चार कदम चौड़ी है
बेशक अपने साथियों के साथ हमें जीना ही होगा
हमें उन्हें अपनी पूरी खुदी को देना होगा
उनकी खातिर, बदकिस्मती से
करनी होगी जद्दोजहद

—मोरोजोव

————————— : * : —————————

मुझे आजाद करने आए

आखिर लोग मुझे आजाद करने आए
मैंने नहीं पूछा कि क्यों और कहाँ ले जा रहे थे
आखिर मुझे क्या फर्क पड़ना था,
जंजीर में जकड़ा होऊँ या बे-जंजीर
मुझे मायूसी भाने लगी थी
लिहाजा आखिर जब वो आए
और मेरे सारे बंधन खोल फेंक दिए
ये भारी दीवारें बन चुकी थीं
मेरे लिए एक संन्यास आश्रम—पूरी तरह अपना।

—दि प्रिजनर ऑफ चिल्लॉन

———————— : * : ————————

और ऊपर वाले ने हमें एक मकसद देकर नवाजा
हम एक सख्त स्कूल से निकले, लेकिन बड़ा ज्ञान पाया
देश-निकाले, कैद और मुश्किलात को शुक्रिया,
हम कद्र करते हैं हक और आजादी की दुनिया की।

—प्रिजनर ऑफ श्लुशेलबर्ग

———————— : * : ————————

एक बच्चे की मौत और तकलीफ

एक बच्चा पैदा हुआ। उसने जानकर कोई खताएँ या नेकियाँ नहीं कीं। वह बीमार हो गया,

बहुत ज्यादा और काफी वक्त सही तकलीफजब तक कि उसकी बहुत दर्दनाक

मौत नहीं हो गई। क्यों? किस वजह? दार्शनिकों के लिए यह कभी न सुलझने वाली पहेली है।

एक क्रांतिकारी की मानसिकता

"वह, जो हमेशा जीसस के असर में रहा, जिसने किसी उसूल के नाम पर जिल्लत और पीड़ा सही और मर गया; वह, जिसने उसे आदर्श और उसके जीवन को बेगरज प्यार का रूप माना हो, वही उस क्रांतिकारी की मानसिकता को समझेगा, जिसे सजा दी गई है और लोगों की आजादी के लिए किए गए काम के लिए ताबूत में डाल दिया गया हो।

—वेरा एन. फिंगर

—————— : * : ——————

हक

अधिकार माँगो नहीं, बढ़कर ले लो। और उन्हें किसी के द्वारा भी तुम्हें देने मत दो। यदि मुफ्त में तुम्हें कोई अधिकार दिया जाता है तो समझो कि उसमें कोई-न-कोई राज जरूर है। ज्यादा संभावना यही है कि किसी गलत बात को उलट दिया गया है।

—————— : * : ——————

कोई दुश्मन नहीं ?

तुम कहते हो, तुम्हारा कोई दुश्मन नहीं ?
आह ! मेरे दोस्त, यह घमंड तरस के काबिल है
वह, जो फर्ज की लड़ाई के मैदान में डटा है
उसने दुश्मन जरूर बनाए होंगे तुम्हारा कोई दुश्मन नहीं,
तो फिर तुमने कोई बड़ा काम नहीं किया।
तुमने झूठी कसम खाने वाले होंठ से
कोई प्याला छीनकर तोड़ा नहीं होगा

तुमने कभी किसी गलत को सही नहीं किया,
इस लड़ाई में तुम बुजदिल ही रहे।

—चार्ल्स मेके

——————— : * : ———————

बाल मजदूरी

कोई चिड़िया का बच्चा अपने पिता के लिए दाना नहीं जुटाता
कोई चूजा मुरगी को नहीं खिलाता,
कोई बिल्ली का बच्चा माँ के लिए चूहा नहीं मारता
यह गौरव आदमी को मिला है
हम सबसे ज्यादा समझदार, सबसे मजबूत नस्ल हैं—
हमारी तारीफ में तेज आवाज में गीत गाए जाएँ
वही प्राणी जीवित है
जो अपने बच्चों के सहारे जिंदा है।

—चारलोटे परकिंग गिलमेन

——————— : * : ———————

कोई वर्ग नहीं, कोई समझौता नहीं

समाजवादी आंदोलन के चलते एक ऐसा वक्त आ रहा है, और हो सकता है कि तकरीबन आ ही गया हो, जब काम की शर्तों में सुधार या ठीक मजदूरी को मजदूर की पुकार का जवाब नहीं माना जाएगा; जी हाँ, तब ये चीजें आम लोगों की समझ में बेइज्जती होंगी। दुनिया में समाजवादी आंदोलन बेहतर मजदूरी, बेहतर पूँजीवादी स्थितियों या पूँजीपतियों के मुनाफे के हिस्से के लिए नहीं चल रहा; इसका मकसद मजदूरी और मुनाफे और पूँजीवाद तथा निजी पूँजीपतियों को खत्म करना है। बेहतर राजनीति संस्थाएँ, पूँजी और श्रम

के बीच बोर्ड ऑफ आर्बिट्रेशन, पूँजीपतियों की खैरातों के अलावा और कुछ नहीं है। लोकोपकार तथा विशेषाधिकार महज पूँजीपति के तोहफे हैं—इनमें से कुछ भी, उस सवाल का अब बहुत दिनों तक जवाब नहीं हो सकता, जो मंदिरों, सिंहासनों तथा राष्ट्रों की संसदों को हिला रहा है। जो आदमी नीचे दबा है और जो आदमी उसकी पीठ पर चढ़ा है, उन दोनों के बीच शांति नहीं हो सकती। इन वर्गों के बीच कोई सुलह नहीं हो सकती; सिर्फ वर्गों का खात्मा हो सकता है। जब तक पहले इनसाफ न हो, बेरोजगारी खत्म न हो, तब तक सद्भाव की बात बेमानी है। दुनिया के मजदूरों की आवाज सुनी जानी चाहिए और उन्हें उनके काम का पूरा फायदा मिलना चाहिए।

—जॉर्ज डी. हरसन

———————— : * : ————————

पूँजीवाद की फिज़ूलखर्ची

थियोडोर हर्टज्क (1886) द्वारा ऑस्ट्रेलिया के बारे में आर्थिक आकलन। हर एक परिवार के पास = 40–40 वर्गफीट के 5 कमरे के मकान, जो 50 साल चलेंगे।

ऑस्ट्रेलिया के बारे में आर्थिक अनुमान, थियोडोर हर्टज्का (1886) द्वारा प्रत्येक परिवार = 40 वर्ग फीट में 5 कमरों वाला मकान 50 वर्षों तक चलने लायक

मजदूरों की काम करने की उम्र =16–50 (वर्ष-सं.)

इस प्रकार हमारे पास हैं 5,000,000 (मजदूर-सं.)

615,000 मजदूरों का श्रम = श्रम का 12.3 प्रतिशत,

22,000,000 लोगों का भोजन पैदा करने के लिए पर्याप्त है।

यातायात परिवहन की श्रम लागत समेत, विलासिताओं हेतु सिर्फ 315,000=6.33 प्रतिशत मजदूरों के श्रम की आवश्यकता पड़ती है। इसका मतलब यह हुआ कि उपलब्ध श्रम का 20 प्रतिशत ही समूचे महाद्वीप के भरण–पोषण के लिए पर्याप्त है। शेष 60 प्रतिशत समाज की पूँजीवादी व्यवस्था के कारण शोषित और बरबाद हो जाता है।

——————— : * : ———————

जारवादी व्यवस्था और बोल्शेविक व्यवस्था

फ्रेजियर हंट कहता है कि बोल्शेविकों ने अपने पहले चौदह महीनों की हुकूमत में 4,500 लोगों को फाँसी पर लटका दिया। उनमें से ज्यादातर पर चोरी और सट्टेबाजी का इलजाम था।

1905 की क्रांति के बाद, जार के मंत्री स्टोलिपिन ने बारह महीनों के भीतर 32,773 लोगों को फाँसी लगवा दी।

—ब्रास चेक

——————— : * : ———————

सामाजिक संस्थाओं का स्थायित्व

प्रत्येक पीढ़ी के लोगों को यह भ्रम रहता है कि जिन सामाजिक संस्थाओं में वे रह रहे हैं, वे किसी खास अर्थ में 'स्वाभाविक', अपरिवर्तनीय और स्थायी हैं। फिर भी अनगिनत हजारों साल से सामाजिक संस्थाएँ सफलता के साथ बनती, विकसित और क्षीण हो रही हैं और बदले वक्त के मुताबिक दूसरी संस्थाएँ धीरे–धीरे उनकी जगह लेती आ रही हैं—लिहाजा, सवाल यह नहीं है कि हमारी मौजूदा सभ्यता बदलेगी या नहीं, बल्कि यह है कि यह कैसे बदली जाएगी?

सोच-समझ के साथ बदलाव कर इसे धीरे-धीरे और शांतिपूर्वक नया रूप दिया जा सकता है। या अगर सुधार की जगह क्रोध से भरा विरोध हो, तो यह खत्म हो सकती है, जिसके नतीजे में इनसान को बहुत मेहनत कर सामाजिक अराजकता और अव्यवस्था की निचली स्थिति से फिर से नई सभ्यता का निर्माण करना होगा, जिसमें पुरानी व्यवस्था की न केवल बुराइयाँ, बल्कि भौतिक, बौद्धिक और नैतिक उपलब्धियाँ भी खो जाएँगी।

—पी.आई. डिके ऑफ
केप. सिविलाइजेशन

——————— : * : ———————

पूँजीवाद और व्यापारवाद

रवींद्रनाथ का जापानी विद्यार्थियों की सभा को संबोधन—

"जापान में आपका अपना उद्योग था; यह कितना ईमानदार और सच्चा था, इसे आप इसके उत्पादों को देखकर समझ सकते हैं—उनकी खूबसूरती और मजबूती से। जिन पर शायद ही कोई टीका-टिप्पणी की जा सके, परंतु आपकी भूमि पर झूठ की एक लहर दुनिया के उस भाग से बहकर आ चुकी है, जहाँ व्यापार सिर्फ व्यापार है और ईमानदारी को सिर्फ सबसे अच्छी नीति माना जाता है। क्या व्यापार के विज्ञापनों को देखकर कभी आपको शर्म नहीं आती? इन झूठे और अतिरंजित विज्ञापनों से न केवल पूरा शहर पटा पड़ा है, बल्कि जिनका आक्रमण खेतों तक हो रहा है, जहाँ किसान ईमानदारी से मेहनत करते हैं। ये इन पहाड़ियों तक जा रहे हैं, जो सुबह के शुद्ध प्रकाश का सबसे पहले अभिवादन करती हैं? यह खुदगर्जी के चलन को उसके नंगे बेशर्म रूप में सामने ला रहा है। इसकी गतिविधियाँ हिंसक हैं। यह अपने ही सर्वनाश की ओर बढ़ रहा है, क्योंकि यह उसी मानवता को कुचलकर विकृत कर रहा है, जिस पर यह स्वयं खड़ा है।

"यह बहुत मेहनत से खुशी की कीमत पर पैसा बना रहा है—यूरोप की

मौजूदा सभ्यता की महत्त्वपूर्ण आकांक्षा यह है कि शैतान पर सिर्फ उसका अधिकार हो जाए।"

——————— : * : ———————

पूँजीवादी समाज

राजनीति अर्थव्यवस्था का सबसे बड़ा सच यह है कि हर शख्स कम-से-कम त्याग कर निजी दौलत हासिल करना चाहता है।

—नास्सान सीनियर

——————— : * : ———————

धर्म पर कार्ल मार्क्स के विचार

आदमी धर्म को बनाता है, धर्म आदमी को नहीं। दरअसल, धर्म आदमी की आत्म-व्याकुलता और आत्म-अनुभूति है, जिसने या तो अभी तक खुद को नहीं पाया है या फिर (खुद को पा लिया है) खुद को पुनः खो दिया है। लेकिन आदमी कोई अमूर्त वस्तु नहीं है, जो दुनिया के बाहर कहीं बैठा है। आदमी आदमियों, राज्य, समाज की दुनिया है। यह राज्य, यह समाज धर्म पैदा करता है, एक विकृत विश्व चेतना पैदा करता है, क्योंकि वे एक विकृत दुनिया हैं। धर्म इस दुनिया का सामान्यीकृत सिद्धांत है, इसका विश्वकोशीय सारांश है, लोकप्रिय रूप में इसका तर्क है—

धर्म दमित प्राणी की आह है, एक बेरहम दुनिया का एहसास है, वैसे ही, जैसे यह गैर-आध्यात्मिक स्थितियों की प्रेरणा है। "**धर्म लोगों की अफीम है।**"

लोग धर्म के द्वारा उत्पन्न झूठी खुशी से छुटकारा पाए बिना सच्ची खुशी हासिल नहीं कर सकते। यह माँग कि लोगों को इस भ्रम से मुक्त हो जाना चाहिए, उसका मतलब यह माँग है कि **ऐसी स्थिति को त्याग देना चाहिए, जिसमें भ्रम की जरूरत होती है।**

आलोचना का हथियार हथियार की आलोचना की जगह नहीं ले सकता। भौतिक ताकत को भौतिक ताकत से ही जीता जा सकता है, लेकिन सिद्धांत भी जैसे ही लोगों को अपने कब्जे में लेता है, भौतिक ताकत बन जाता है।

——————— : * : ———————

एक क्रांति जो काल्पनिक नहीं

एक आमूल परिवर्तनवादी क्रांति, यानी मानव जाति की आम मुक्ति, जर्मनी के लिए कोई यूटोपियाई स्वप्न नहीं है; यूटोपियाई तो एक आंशिक, एक विशुद्ध राजनीतिक क्रांति की धारणा होती है, जो (पूँजीवादी व्यवस्था की–सं.) इमारत के खंभों को खड़ा छोड़ देगी।

——————— : * : ———————

"महान् लोग महान् इसलिए
हैं, क्योंकि हम घुटनों पर हैं।
आइए, हम उठें!"

राज्य पर हर्बर्ट स्पेंसर* के विचार

"भले ही यह सच हो या न हो कि मनुष्य निष्कलंक पैदा हुआ और पाप में सन गया। लेकिन यह निश्चित है कि सरकार का जन्म अवश्य आक्रामकता से और आक्रामकता द्वारा हुआ।"

——————— : * : ———————

* *हर्बर्ट स्पेंसर (1820–1903) अंग्रेज दार्शनिक; महत्त्वपूर्ण कृतियाँ*

मानव और मानव जाति

मैं एक मानव हूँ, और वह सबकुछ जो मानवता को प्रभावित करता है उससे मेरा सरोकार है

—रोमन ड्रामाटिस्ट

———————— : * : ————————

इंग्लैंड की स्थिति की समीक्षा

"अच्छे लोगो, इंग्लैंड में स्थितियाँ तब तक अच्छी नहीं हो सकतीं, जब तक अच्छाइयाँ आम नहीं हो जातीं, और जब तक सज्जन लोगों के साथ दुर्जन लोग भी बने रहते हैं। वे किस अधिकार से, जिन्हें वे मालिक कहते हैं, हमसे किस तरह बेहतर हैं? उन्हें किस बुनियाद पर यह हक मिला? वे हमें दास क्यों मानते हैं? अगर ऐसा नहीं है कि वे हमारी मेहनत से फायदा पा रहे हैं, तो फिर वे गर्व के साथ खर्च क्या करेंगे। अगर वे अपने फायदे के लिए हमसे मेहनत नहीं करवाते तो वे अपनी शान-शौकत में क्या खर्च करते? वे मखमल पहनते हैं और अपने फरों तथा अमाइंस में गरम रहते हैं, जबकि हम चीथड़ों में लिपटे हैं। वे वाइन पीते हैं, लजीज खाना और ब्रेड खाते हैं; और हम केक, स्ट्रॉ खाते हैं और पानी पीते हैं! उनके पास फुरसत का वक्त है और शानदार मकान हैं; हमारे हिस्से में दर्द और मेहनत, खेतों में बारिश और हवा के थपेड़े हैं, और इसके बाद भी हमारी मेहनत से ही ये लोग अपने राज्य पर काबिज बने हुए हैं—

———————— : * : ————————

क्रांति और वर्ग

सत्ता के लिए जद्दोजहद करनेवाले सभी वर्ग क्रांतिकारी हैं और समानता की बात करते हैं। सभी वर्ग, जब वे सत्ता में आ जाते हैं, तो संकीर्णतावादी हो जाते हैं और उन्हें यह भरोसा हो जाता है कि समानता एक भद्दा ख्वाब है।

सिर्फ मजदूर वर्ग इसका अपवाद है, जैसा कि कॉम्टे ने कहा, "सच पूछिए तो मजदूर वर्ग ही समाज की काया है।" लेकिन मजदूर वर्ग, जो सभी लोगों का संगम है, का दिन अभी तक नहीं आया है।

'वर्ल्ड हिस्टरी ऑफ वर्कर्स',
लेख—अल्फ्रेड बार्टन

———————— : * : ————————

सर हेनरी मैन ने कहा—

"इंग्लैंड की ज्यादातर जमीन मौजूदा

मालिकों के हाथों में वकीलों की गलती

से पहुँच गई—ऐसी गलतियों से, जिनके लिए मामूली अपराधियों

को फाँसी दी गई।"

———————— : * : ————————

"कानून आम आदमी से हंस चुराने वाले

आदमी या औरत को सजा देता है,

लेकिन बड़े अपराधी को छोड़ देता है

जो हंस से आम आदमी को चुरा लेता है।"

———————— : * : ————————

लोकतंत्र

लोकतंत्र सैद्धांतिक रूप से राजनीति और कानूनी समानता की व्यवस्था है, लेकिन वास्तविक और व्यावहारिक संचालन में यह झूठी है, क्योंकि जब

तक आर्थिक सत्ता में घोर असमानता है, तब तक कोई समानता नहीं हो सकती। यहाँ तक कि राजनीति में और कानून के सामने भी जब तक सत्ताधारी वर्ग मजदूर के रोजगारों और देश की प्रेस तथा स्कूलों का मालिक है और जनमत को मोड़ने तथा उसकी अभिव्यक्ति के सभी साधन उनके हाथों में हैं; जब तक सभी प्रशिक्षित सार्वजनिक कार्यकर्ताओं पर उनका एकाधिकार है और चुनावों को प्रभावित करने के लिए उनके पास असीमित पैसा है; जब तक कानूनों का निर्माण सत्ताधारी वर्ग के द्वारा किया जाएगा और अदालतों में इस वर्ग के सदस्य पीठासीन हैं; जब तक वकील प्राइवेट प्रैक्टिशनर हैं, जो सबसे ऊँची बोली लगाने वाले को अपना हुनर बेचते हैं, और मुकदमेबाजी टेक्निकल तथा खर्चीली है, तब तक कानून के सामने नाममात्र की समानता भी एक खोखला मजाक होगी।

पूँजीवादी व्यवस्था में लोकतंत्र की पूरी मशीनरी बहुमत वाले श्रमिक वर्ग को तकलीफ देकर अल्पमत के सत्ताधारी वर्ग को सत्ता में बनाए रखने का काम करती है, और जब बुर्जुआ सरकार खुद को लोकतांत्रिक संस्थाओं के द्वारा खतरे में समझती है, जो ऐसी संस्थाओं को बिना किसी संकोच के अकसर कुचल दिया जाता है।

फ्रॉम मार्क्स टु लेनिन
(मोरिस हिलक्वाइट)

———————— : * : ————————

लोकतंत्र में समान अधिकार और सभी राजनीतिक अधिकारों में प्रत्येक को हिस्सा नहीं मिलता, भले ही वह किसी भी वर्ग या दल का हो। (कौट्स्की) इसमें सिर्फ मौजूदा आर्थिक असमानताओं के लिए राजनीति और कानूनी खेल करने की सुविधा मिलती है—इस प्रकार पूँजीवाद के अंतर्गत लोकतंत्र व्यापक और अमूर्त लोकतंत्र न होकर विशिष्ट बुर्जुआ लोकतंत्र होता है, अथवा जैसा कि लेनिन ने कहा—बुर्जुआ के लिए लोकतंत्र।

———————— : * : ————————

क्रांति की परिभाषा

"क्रांति की अवधारणा को पुलिसिया व्याख्या के रूप में नहीं लेना चाहिए, यानी उसे सशस्त्र विद्रोह नहीं माना जाना चाहिए। कोई दल पागल ही होगा, जो सैद्धांतिक रूप से विद्रोह के इस तरीके को चुनेगा, जब तक कि इसको अंजाम देना, काररवाई के अधिक सुरक्षित तरीके से अलग और कम खर्चीला नहीं हो। इस अर्थ में सामाजिक लोकतंत्र, सैद्धांतिक रूप से कभी क्रांतिकारी नहीं रहा। यह इसी अर्थ में ऐसा है कि इसमें इस बात को मान्यता दी गई है कि राजनीति सत्ता मिलने पर यह उत्पादन के उस तरीके को हटाने के अलावा किसी और मकसद से उसका उपयोग नहीं करेगी, जिस पर मौजूदा व्यवस्था टिकी है।"

—कार्ल कौट्स्की

———————— : * : ————————

संयुक्त राज्य के बारे में कुछ तथ्य और आँकड़े

5 लोग 1,000 के लिए ब्रेड का उत्पादन कर सकते हैं।

1 व्यक्ति 300 लोगों के लिए गरम कपड़े बना सकता है।

1 व्यक्ति 1,000 लोगों के लिए जूते बना सकता है।

—आयरन हील पी.

———————— : * : ————————

15,000,000 लोग घोर गरीबी में जी रहे हैं,

जो अपनी कार्यदक्षता तक को कायम नहीं रख सकते।

3,000,000 बाल श्रमिक

———————— : * : ————————

संदर्भ : इंग्लैंड

युद्ध–पूर्व आकलन	
इंग्लैंड का कुल उत्पादन	2000,000,000 पाउंड
विदेशी निवेश से लाभ	200,000,000 पाउंड
	222,000,000 पाउंड
आबादी के 1/9वें भाग ने 1/2 = ले लिया	1100,000,000 पाउंड
आबादी के 2/9 भाग ने बाकी में से 1/3 ले लिया	1100,000,000 पाउंड

———: * :———

इंटरनेशनल

उठो, ओ गरीबी के कैदियो!
उठो, ओ धरती पर बहुत बदकिस्मतो!
इनसाफ के लिए गरजो, यह तकाजा है वक्त का
यही होगा नया जन्म।
परंपराओं की कोई जंजीर अब न जकड़ेगी हमें
गुलामो, उठो, अब गुलामी में न रहो!
धरती उठ खड़ी होगी नई बुनियादों पर
हम तबाह हैं, लेकिन सबकुछ पा लेंगे।

(टेक)

यह आखिरी मुकाबला है,
हर कोई जहाँ है, उठ खड़ा हो
पूरी मानव जाति बनेगी
इंटरनेशनल पार्टी

———: * :———

घमंड में तने जो बैठे हैं, उन्हें देखो,
मेरे तुम्हारे और धरती के राजा!
तुम उनकी कहानी में क्या पढ़ोगे
सिवा इसके कि उन्होंने मेहनत को कैसे लूटा?
लोगों की मेहनत का फल
चला गया है कुछ की तिजोरियों में,
उनकी वापसी के लिए वोट मत दो
मतदान करने में सिर्फ अपना हक माँगो॥

(वही टेक)

दुकानों और खेतों के मेहनतकश
पार्टी काम करेगी हर मेहनतकश के लिए
धरती हमारी, हम जनता की है,
कामचोरों की यहाँ कोई जगह नहीं
कितने ज्यादा लोग हमारे मांस से मोटे हो गए?
लेकिन अगर घृणित शिकारी चिड़िया
किसी दिन आकाश से गायब हो भी गई
तो भी आनंददायक सूर्य-किरण रहेंगी।

(फिर वही टेक)

: * :

मारसेइलेइस*

ओ मेहनत के बेटो, गौरव के लिए उठो
पूछता हूँ, कितनी बार कहने से उठोगे;
यहाँ तुम्हारे बच्चों, बीवियों तथा पितामहों के
आँसू देखो और उनकी चीखें सुनो!
क्या आततायियों के समूह घिनौने अत्याचारी शरारती बढ़ते रहेंगे
उनके भाड़े के टट्टू बढ़ते रहेंगे—
इस सरजमीं को खौफजदा और वीरान और तबाह करते
जबकि अमन और आजादी का बहता रहेगा खून?

(कोरस)

ओ बहादुरो, हथियार उठाओ, हथियार उठाओ!
बदला लेने, तलवार को म्यान से निकालो
आगे बढ़ो, आगे बढ़ो, पूरी ताकत
और संकल्प से, जीतो या मर जाओ।
बैठे रहे आराम में, गर्व को दबाए
तो कमीने करेंगे तुम पर मनमानी, ललकारेंगे
उनकी सोने और सत्ता की हवस रहेगी बेहद
प्रकाश और हवा पाकर बेचेंगे
वे भारवाही पशु की तरह हमें हाँकेंगे,
वे देवताओं की तरह आदेश देंगे
गुलाम उनका पालन करते रहेंगे,
लेकिन आदमी, फिर आदमी है, उससे बड़ा कौन?
फिर क्या वे टिक पाएँगे और हमें मनमर्जी से हाँक पाएँगे?

(पुनः वही कोरस)

---

* *ला मार्सइयेज : फ्रांस का राष्ट्रगान, 24 अप्रैल, 1792 को रचा गया। फ्रांसीसी क्रांति की हिफाजत करने के लिए युद्धरत सैनिकों के लिए इसे एक फ्रांसीसी कप्तान क्लोद जोसेफ दलिल ने संगीतबद्ध किया। मार्सइयेज शहर से पेरिस की ओर मार्च करते सैनिकों ने जब इसे पहली बार गाया तो ऐसा आवेग और जोश पैदा हुआ कि लोग उमड़ पड़े।*

ओ आजादी! क्या आदमी तुम्हें छोड़ सकता है,
तुम्हारी उदार ऊष्मा को महसूस करने के बाद?
क्या काल कोठरियों की जंजीरें और सलाखें बाँध सकती हैं तुम्हें
या फिर कोड़ों की मार तुम्हारी महान् आत्मा को कर सकती है वश में?
दुनिया बहुत समय तक विलाप कर चुकी झूठे,
जालिम के हाथ में है कटार;
लेकिन आजादी हमारी तलवार और ढाल है,
और उनकी सभी चालबाजियाँ हो रही हैं उजागर?

(पुनः वही कोरस)

———: * :———

पनपती मौकापरस्ती

कानून के दायरे में काम करने की संभावना ने ही स्कॉटलैंड इंटरनेशनल के समय की लेबर पार्टियों में मौकापरस्ती को पनपा दिया।

(लेनिन वाइड कोलेप्स ऑफ II इंट. ने.)

———: * :———

गैर-कानूनी काम

"ऐसे देश में जहाँ बुर्जुआवादी, क्रांति-विरोधी, सोशल डेमोक्रेसी सत्ता में है, वहाँ कम्युनिस्ट पार्टी को अपने कानूनी काम को गैर-कानूनी काम के साथ समन्वित करना सीखना चाहिए, और कानूनी काम हमेशा गैर-कानूनी पार्टी के प्रभावी नियंत्रण में ही होना चाहिए।"

—बुखरिन*

* *निकोलाई हवानोविय बुखारिन (1888–1938) रूसी सामाजिक-जनवादी मजदूर पार्टी का सदस्य।*

इंटरनेशनल के मकसद से गद्दारी

समाजवाद और लेबर के विशाल संगठन को इस तरह शांतिकालीन गतिविधियों से समायोजित किया गया; और जब संकट आया, तो अनेक नेता और जनता का बड़ा हिस्सा नई स्थिति से तालमेल नहीं बैठा पाया—

II इंटरनेशनल के साथ विश्वासघात मुख्यत: इसी लाजिमी घटना के कारण हुआ।

मार्क्स टू लेनिन, पी
मोरिस हालक्वाइट

——————— : * : ———————

'दि सिनिक्स वर्डबुक' (1906)

एंब्रोस प्रियर्स लिखता है—

"ग्रेप शॉट : एक दलील, जो भविष्य के अमेरिकी समाजवाद की माँगों का जवाब देने के लिए तैयार कर रहा है।"

——————— : * : ———————

धर्म है स्थापित व्यवस्था का समर्थक

दासता

प्रेस्बाइटेरियन चर्च की जनरल असेंबली ने 1835 में संकल्प लिया कि "दासता को ओल्ड और न्यू टेस्टामेंट, दोनों में मान्यता है, और गॉड की अथॉरिटी द्वारा उसकी निंदा नहीं की जाती।"

शारलेस्टन ब्रेविटरस्ट एसोसिएशन ने 1835 में निम्नलिखित संकल्प पारित किया—"सिरजनहार द्वारा दासों के समय पर मालिक के अधिकार को सभी चीजों के द्वारा स्पष्ट रूप से मान्य किया गया है। उसके मालिक को उसकी

किसी भी वस्तु पर मिल्कियत की पूरी आजादी है।"

रेव. ई.डी. सायमन, डायरेक्टर ऑफ डिविनिटी, मेथॉडिस्ट कॉलेज ऑफ वर्जीनिया के प्रोफेसर ने लिखा—

"होली रिट के उद्धरणों में स्पष्ट रूप से जोर देकर कहा गया है कि दासों पर स्वामित्व का अधिकार उस अधिकार के सामान्य घटनाक्रम के साथ जुड़ा है। खरीदने और बेचने के उनके अधिकार का स्पष्ट रूप से उल्लेख है। पूरे विषय पर, भले ही हम स्वयं गॉड द्वारा निर्धारित ज्यूइश पॉलिसी को पढ़ लें अथवा सभी युगों में समान जनमत और व्यवहार अथवा न्यू टेस्टामेंट के आदेशों और नैतिक कानून को, हम इस नतीजे पर पहुँचते हैं कि दासता अनैतिक नहीं है। इस बात को प्रमाणित करने के बाद कि सबसे पहले अफ्रीकन दासों को कानूनन दास बनाया गया, उनके बच्चों को दास बनाने का अधिकार अनिवार्य रूप से निष्कर्षतः सामने आता है। इस प्रकार अमेरिका में जो दासता प्रचलित है, वह अधिकार के तहत है।"

पूँजीवाद का समर्थन

हेनरी वान डाइक ने 'एसे इन एप्लीकेशन' (1905) में लिखा—

"बाइबल सिखाती है कि गॉड दुनिया का मालिक है। वह अपनी मर्जी से हर एक व्यक्ति को, सामान्य नियमों के अनुसार चीजें वितरित करता है।"

———————— : * : ————————

संयुक्त राज्य से संबंधित आँकड़े

सेना में 50,000 लोग थे

अब 3,00,000 लोग हैं।

———————— : * : ————————

प्लूटोक्रेसी के पास 67 बिलियन की संपदा है।

व्यवसायों में लगे कुल लोगों में सिर्फ 9/10% प्लूटोक्रेसी से संबंधित हैं, फिर भी उनके पास कुल संपदा का 70% हिस्सा है।

व्यवसायों में लगे लोगों में से 29% मध्यम वर्ग के हैं, उनके पास कुल संपदा का 25% =24 बिलियन है।

व्यवसायों में लगे लोगों में शेष 70% लोग प्रोलेटेरियट से जुड़े हैं और उन्हें कुल संपदा में से सिर्फ 4% अर्थात् 4 बिलियन (मिलता) है।

ल्यूसियन सेनियल के अनुसार, 1900 में—

व्यवसायों में लगे कुल लोगों में से = 250, 251 प्लूटोक्रेट्स से जुड़े हैं।

व्यवसायों में लगे कुल लोगों में से = 8,429,845 मध्यम वर्ग के हैं

व्यवसायों में लगे कुल लोगों में से = 20,395,137 प्रोलेटेरियट

—आयरन हील

———————— : * : ————————

रायफल्स

तुम कहते हो कि तुम्हें पार्लियामेंट और स्टेट ऑफिसेज में बहुमत मिलेगा, लेकिन तुम्हारे पास कितनी रायफल्स हैं? तुम्हें पता है कि तुम्हें बड़ी मात्रा में सीसा कहाँ मिल सकता है? जहाँ तक बारूद की बात है, तो रासायनिक मिश्रण यांत्रिकीय मिश्रणों से बेहतर हैं। मेरी बात को लिख लो।

—आयरन हील

———————— : * : ————————

को (अपठनीय-फटा हुआ) शक्ति

एक समाजवादी नेता ने प्लूटोक्रेट्स धनिकतंत्र की एक सभा को संबोधित करते हुए उन पर समाज की व्यवस्था बिगाड़ने का आरोप लगाया था और उन

पर सारी जिम्मेदारी डाल दी थी, मानवता की सभी तकलीफों और परेशानियों की जिम्मेदारी। इसके बाद एक पूँजीवादी (मि. विक्सन) उठा और निम्नलिखित बात कही—

"इस पर हमारा जवाब यह है—हमारे पास तुम पर बेकार करने के लिए शब्द नहीं हैं। जब तुम घमंड से भरकर अपने मजबूत हाथ हमारे महलों तक पहुँचाओगे, और हमारे आराम में दखल दोगे, तो हम तुम्हें दिखाएँगे कि शैलर की दहाड़ में और बम के गोलों की गड़गड़ाहट में कितनी ताकत होती है और मशीनगनों की बहरा कर देने वाली आवाज में कितना दम होता है? हमारा जवाब यही होगा।"

तुम क्रांतिकारियों को हम एड़ी तले पीसकर रख देंगे, और तुम्हारे चेहरों को पैरों से रौंद देंगे। दुनिया हमारी है। हम इसके मालिक हैं और यह हमारी ही रहेगी। जहाँ तक मजदूर वर्ग का सवाल है, तो यह इतिहास में शुरू से ही नीच रहा है, और मैंने इतिहास को सही पढ़ा है।

जब तक हम और हमारे बाद आनेवाले लोग सत्ता में हैं, यह नीचता में ही रहेगा।

एक शब्द है—सत्ता। यह शब्दों का राजा है—

सत्ता ही सबकुछ है गॉड नहीं, पैसा नहीं सत्ता ही सबकुछ है। अपनी जबान पर रख लो और तब तक उसे रखे रहो, जब तक कि यह उसे झनझनाने न लगे। सत्ता"

अर्नेस्ट (समाजवादी नेता) ने गंभीरता से कहा, "मुझे जवाब मिल गया।" "यही जवाब दिया भी जा सकता था। सत्ता का ही उपदेश हम मजदूर वर्ग के लोग देते हैं। हमें पता है, हम यह बहुत कड़वे अनुभव से जानते हैं कि अधिकार, इनसाफ, मानवता की किसी अपील से तुम नहीं पसीजोगे। तुम्हारे दिल तुम्हारी एड़ियों की तरह ही कठोर हैं, जिनसे तुम गरीबों के मुँह कुचलते हो। लिहाजा, हमने सत्ता का उपदेश दिया है। अपने मतपत्र (बैलेट) की ताकत से हम चुनाव के दिन तुमसे सत्ता छीन लेंगे।"

मि. विक्सन ने बीच में टोककर पूछा, "अगर तुमको चुनाव के दिन बहुमत, पूरा बहुमत मिल भी जाए तो क्या?" "सोचा है कि बैलेट बॉक्स के जरिए तुम्हारे सत्ता पर काबिज हो जाने के बाद हम सरकार तुम्हारे हवाले करने से इनकार कर दें तो?"

अर्नेस्ट ने जवाब दिया, "उसके बारे में भी हमने सोच लिया है। हम तुम्हें गोलियों की भाषा में जवाब देंगे। तुमने सत्ता को 'शब्दों का राजा' कहा है। बहुत अच्छा! सत्ता ऐसी ही रहेगी। जिस दिन हम चुनाव में जीत जाएँगे, और तुम हमें सरकार सौंपने से इनकार कर दोगे, जिसे हमने संवैधानिक रूप से शांतिपूर्वक प्राप्त करने का अधिकार जीता है, और तुम पूछोगे कि उस दिन हम क्या करेंगे, तो हम तुम्हें जवाब देंगे; और यह जवाब बम-गोलों की गरज तथा मशीनगनों की बहरा कर देने वाली आवाज के साथ होगा।

"तुम हमसे बचकर नहीं जा सकते। यह सही है कि तुमने इतिहास सही पढ़ा है। यह सही है कि मजदूर वर्ग इतिहास में शुरू से ही नीचता में रहा है। यह भी उतना ही सही है कि जब तक तुम और तुम्हारे लोग तथा तुम्हारे बाद आनेवाले लोग सत्ता में हैं, मजदूर वर्ग नीचता में ही रहेगा, मैं तुमसे सहमत हूँ। सत्ता ही इनसाफ करेगी, क्योंकि इसने ही सदा से इनसाफ किया है। यह वर्गों का संघर्ष है। जिस तरह तुम्हारे वर्ग ने सामंती कुलीनों को नीचे उतारा था, वैसे ही मेरे वर्ग, मजदूर वर्ग द्वारा उसे उतारा जाएगा। अगर तुम अपने जीव विज्ञान और समाजशास्त्र को भी उतना ही सही पढ़ो, जितना इतिहास को पढ़ा था, तो तुम समझ जाओगे कि मैंने जिस अंत का जिक्र किया, वह होना लाजमी है। इससे फर्क नहीं पड़ता कि यह एक साल में होगा या दस या हजार साल में—तुम्हारे वर्ग को नीचे उतारा ही जाएगा। यह सत्ता के बल पर किया जाएगा। हम मजदूर वर्ग के लोगों ने इस शब्द पर ध्यानपूर्वक विचार किया है और हमारा दिमाग इसी में लगा हुआ है। सत्ता—यह राजसी शब्द है।"

—आयरन हील, जेक लंडन

———————— : * : ————————

आँकड़े

इंग्लैंड—

1922—बेरोजगारों की संख्या 1,135,000

1926—यह $\frac{\text{परिधि}}{\text{व्यास}} = \frac{62,832}{20,000} = 3.1416$ और $1\frac{1}{2}$ मिलियन के बीच झूलती रही, अर्थात् 1,250,000 से 1,500,000 के बीच।

———————— : * : ————————

अंग्रेज मजदूर नेताओं की गद्दारी

साल 1911 से 1913 तक खानकर्मियों, रेलवे मैन तथा परिवहन मजदूरों के अतुलनीय वर्ग संघर्ष का समय था। अगस्त 1911 में एक राष्ट्रीय, अन्य शब्दों में सामान्य, रेलवे हड़ताल हो गई। उन दिनों ब्रिटेन पर क्रांति की धुँधली छाया मँडरा रही थी। नेताओं ने आंदोलन को पंगु बनाने के लिए अपनी पूरी ताकत झोंक दी। उनका प्रेरक शब्द था 'देशभक्ति'; यह कार्य अगादिर घटना के समय हो रहा था, जिससे जर्मनी के साथ जंग का खतरा था।

जैसा कि आज सुविदित है, प्रीमियर प्रधानमंत्री ने मजदूरों के नेताओं की एक गुप्त बैठक बुलाई और उनसे पितृभूमि की मुक्ति का आह्वान किया। नेताओं ने अपनी पूरी ताकत लगाकर जो मुमकिन था वह किया, जिससे बुर्जुआ मजबूत हुए और साम्राज्यवादी संहार का मार्ग प्रशस्त हुआ।

व्हेयर इज ब्रिटेन, ट्रोट्स्की

———————— : * : ————————

गद्दारी

1920 के बाद ही आंदोलन सीमित हुआ, 'ब्लैक फ्राइडे' के बाद, जब खननकर्मियों, रेलवे और ट्रांसपोर्टरों के नेताओं ने व्यापक हड़ताल के साथ गद्दारी की।

———————— : * : ————————

सुधार के लिए क्रांति का खतरा जरूरी है

अंग्रेज बुर्जुआ यह मानकर चल रहे थे कि इन साधनों (सुधार) से क्रांति को टाला जा सकता है। लिहाजा, समझ में आया कि सुधार लागू करने के लिए सिर्फ धीरे-धीरे काम करते रहने का सिद्धांत ही पर्याप्त नहीं है, और क्रांति का एक वास्तविक खतरा जरूरी है।

———————— : * : ————————

सामाजिक एकजुटता

ऐसा लगता है कि अगर हम एक बार परिदृश्य से हटने को अनिच्छुक, विशेषाधिकार प्राप्त वर्ग के संहार का पक्ष लें तो हमें वर्ग संघर्ष का बुनियादी सारतत्त्व उसमें मिल जाएगा। लेकिन नहीं, मैक्डोनाल्ड सामाजिक एकजुटता की चेतना 'जगाना' चाहते हैं। किसके साथ? मजदूर वर्ग की एकजुटता, बुर्जुआ के साथ संघर्ष में आंतरिक सुसंबद्धता की अभिव्यक्ति है।

जिस सामाजिक एकजुटता का मैक्डोनाल्ड उपदेश दे रहे हैं, वह शोषितों की शोषकों के साथ एकजुटता है। शोषण को बनाए रखने के अलावा और कुछ नहीं है।

———————— : * : ————————

क्रांति एक आपदा

रूस की क्रांति ने मैक्डोनाल्ड के कथनुसार—"हमें बड़ा सबक सिखाया। इसने दिखा दिया कि क्रांति एक बरबादी और विपदा के सिवाय और कुछ नहीं है।

क्रांति तो विपदा को ही जन्म देती है, लेकिन ब्रिटिश जनतंत्र ने तो साम्राज्यवादी युद्ध को जन्म दे दिया, जिसकी बरबादी की तुलना क्रांति की विपदाओं से तो निश्चित तौर पर तनिक भी नहीं की जा सकती। फिर भी, जिस क्रांति से जारशाही, कुलीनतंत्र और बुर्जुआ वर्ग को उखाड़ फेंका, चर्च को हिलाकर रख दिया। 130 करोड़ लोगों के एक राष्ट्र या राष्ट्रों के एक समूचे कुल में, एक नए जीवन का संचार किया। उसके सामने यह घोषणा करने के लिए कि क्रांति एक विपदा के सिवाय और कुछ नहीं है। ऐसे ही बहरे कानों और निर्लज्ज चेहरों की जरूरत है।

———————— : * : ————————

शांतिप्रिय ?

कब और कहाँ सत्ताधारी वर्ग ने शांतिपूर्ण मतदान के जरिए कभी सत्ता और संपत्ति सौंपी है? विशेषकर ब्रिटिश बुर्जुआ जैसे वर्ग ने, जिसका दुनिया में लूटमार करने का सदियों का इतिहास है।

———————— : * : ————————

समाजवादी शांति का मकसद

यह बात पूरी तरह अकाट्य है कि समाजवाद का मकसद, ताकत के सबसे पहले, सर्वाधिक भौंड़े और खूनी स्वरूप को खत्म करना है, और इसके बाद इसके छुपे रूपों को।

—हेचर इज ब्रिटेन गोइंग, ट्रॉट्स्की

विश्व क्रांति का लक्ष्य

1. पूँजीवाद को हटाना
2. मानवता की सेवा के लिए प्रकृति पर नियंत्रण करना

——————— : * : ———————

मानव और मशीनरी

यूनाइटेड स्टेट्स ऑफ ब्यूरो कहता है—

एक मनुष्य मशीन पर काम करके 1 घंटा 34 मिनट में पिनों के 12 Ibs बना सकता है।

अगर मनुष्य सिर्फ औजारों से काम करे, तो इसे करने में 140 घंटे 55 मिनट लगेंगे, लेकिन बिना मशीन के।

(अनुपात : 1.34 : 140.55 गुना)

{मशीन से 100 जोड़ी जूते बनाने में 234 घंटे 25 मिनट लगेंगे।}

हाथ से बनाने में 1,831 घंटे 40 मिनट लगेंगे।

मशीन की श्रम लागत 69.55 डॉलर होगी।

हाथ की श्रम लागत 457.92 डॉलर

——————— : * : ———————

मशीन द्वारा 500 गज जिंगेम चेक्स बनाने में 73 घंटे लगते हैं।

हाथ से बनाने में 5,844 घंटे।

——————— : * : ———————

स्यूइंग कॉटन के 100 Ibs मशीन से बनाने में 39 घंटे लगते हैं।

हाथ से बनाने में 2,895 घंटे।

——————— : * : ———————

संदर्भ—कृषि

एक कुशल व्यक्ति दराँती से एक दिन (12 घंटे) में 1 एकड़ में कटाई करेगा

यही काम मशीन 20 मिनट में कर देगी

एक मशीन थ्रेशर 12 गुना काम कर देगी।

"मशीन के उपयोग से मनुष्य-श्रम की प्रभावशीलता अधिक है—चावल के मामले में 150%, जौ के मामले में 2,244%"।

———————— : * : ————————

यू.एस.ए. की संपदा और उसकी आबादी (1850–1912)

1850 में	कुल संपदा थी	प्रति व्यक्ति		कुल आबादी
	7,13,780,000 डॉलर	308 डॉलर	=	23,191,876
1860	16,159,616,000 डॉलर	514 डॉलर	=	1,443,321
1870	30,068,518,000 डॉलर	780 डॉलर	=	38,558,371
1880	43,642,2000,000 डॉलर	870 डॉलर	=	50,155,785
1890	65,037,091,000 डॉलर	1,036 डॉलर	=	82,947,714
1900	88,517,307,000 डॉलर	1,165 डॉलर	=	75,994,575
1904	104,104,202,000 डॉलर	1,318 डॉलर	=	82,466,551
1912	187,139,071,000 डॉलर	1,965 डॉलर	=	95,4,0,503

मशीन के उपयोग के कारण

———————— : * : ————————

मशीन की प्रकृति सामाजिक है, औजार की व्यक्तिगत

———————— : * : ————————

"हमें खराब कपड़ा दो, लेकिन हमें बेहतर आदमी दो।" एमर्सन का कहना है।

"सुखंडी रोग से मरते शिशुओं की प्राण-रक्षा करो, फिर उसके बाद कपड़ा व्यापार को तरजीह दो!"

—————— : * : ——————

मशीन के लिए मनुष्य की बलि नहीं दी जा सकती। मशीन को मानवता की सेवा करनी चाहिए, फिर भी औद्योगिक व्यवस्था में मनुष्य जाति के सामने मुँह बाए खतरा तो मँडराता ही है।

—पॉवर्टी ऐंड रिचेज, स्कॉट नियरिंग

—————— : * : ——————

मानव और मशीनरी

सी. नेनफोर्ड अपनी पुस्तक 'पेडे' में लिखता है—

"मनुष्य को अत्याचार से मुक्त कराने के लिए संगठित और विकसित की गई सभी संस्थाओं में सबसे पुरानी संस्था उद्योग संस्था खुद ज्यादा अत्याचारी हो गई है, जिसने बड़ी तादाद में लोगों को दासता की स्थिति में पहुँचा दिया है—दास को घंटों, थकान वाली मेहनत से उत्पादन करना है, चीजों की बेतहाशा बाढ़ लाना और फिर उन्हीं थकान वाली चीजों के लिए तरसना है, जो उसने बनाई हैं।"

—पाव. रिचेज

—————— : * : ——————

मानव मशीन के लिए नहीं है

मानव द्वारा किए गए इस्पात और आग के संयोजन से बनी मशीन को हमेशा सेवक रहना चाहिए, मानव की स्वामी नहीं। न तो मशीन और न ही मशीन का मालिक मानव जाति पर शासन कर सकता।

साम्राज्यवाद

"साम्राज्यवाद विकास की उस अवस्था में पूँजीवाद हो गया, जिसमें एकाधिकारों और वित्तीय पूँजी का प्रभाव बहुत बढ़ गया, पूँजी के निर्यात का महत्त्व अत्यधिक हो गया, अंतरराष्ट्रीय न्यासों ने विश्व को टुकड़ों में बाँटना शुरू कर दिया, और सबसे बड़े पूँजीवादी देशों ने संपूर्ण भौगोलिक विश्व के आपस में विभाजन का काम पूरा कर लिया।"

यहाँ क्रांतिकारी तानाशाही लाना है।

—लेनिन

———————: * :———————

तानाशाही

तानाशाही एक ऐसा अख्तियार है, जो सीधे तौर पर ताकत से जुड़ा है, और किसी कानून के बंधन में नहीं है।

प्रोलेटेरिएट द्वारा बुर्जुआ पर और उसके खिलाफ ताकत के बल पर कायम रखा गया कोई अख्तियार किसी भी कानून से बँधा नहीं है।

—प्रोलि. रिवो

———————: * :———————

क्रांतिकारी तानाशाही

"क्रांति एक ऐसा कृत्य है, जिसमें आबादी का एक हिस्सा रायफलों, संगीनों, तोपों और ऐसे ही तानाशाही माध्यमों से स्वयं को दूसरों पर अपनी मर्जी थोपता है। जो दल जीत जाता है, वह भय और डर के जरिए अपनी हुकूमत को कायम रखता है। यह डर प्रतिक्रियावादियों में इसके हथियारों द्वारा पैदा किया जाता है। अगर पेरिस का कम्यून बुर्जुआ के खिलाफ हथियारबंद लोगों पर निर्भर नहीं रहता, तो क्या यह चौबीस घंटे से ज्यादा टिका रह सकता था?

इसके विपरीत, क्या हम बहुत कम अधिकार का प्रयोग करने के लिए कम्यून की आलोचना करके सही काम कर रहे हैं?

—एफ. एंगेल्स

: * :

बुर्जुआ लोकतंत्र

बुर्जुआ लोकतंत्र सामंतवाद की तुलना में बड़ी ऐतिहासिक बढ़त हासिल करने के बावजूद एक बहुत सीमित, एक बहुत पाखंडी संस्थान बनकर रह गया है, और वह ऐसा हुए बिना नहीं रह सकता। क्या यह अमीरों के लिए स्वर्ग और शोषितों तथा गरीबों के लिए एक जाल और भ्रम नहीं बन गया है?

—लेनिन*

: * :

श्रम और राज्य का शोषण

"सिर्फ प्राचीन और सामंती राज्य के नहीं, बल्कि मौजूदा राज्य के प्रतिनिधि भी पूँजी के हाथों मजदूर के शोषण का जरिया बन गए हैं।"

—एंगेल्स

: * :

निरंकुशता

"चूँकि राज्य सिर्फ एक अस्थायी संस्था है, जिसका क्रांति में विरोधियों के दमन के लिए उपयोग किया जाता है। लिहाजा, किसी लोकप्रिय राज्य की बात करना बकवास है; जब तक सर्वहारा को राज्य की जरूरत है, उसे इसकी जरूरत आजादी के हक में नहीं, बल्कि अपने विरोधियों के दमन के लिए है

* *लेनिन की रचना 'सर्वहारा क्रांति और गद्दार काउत्स्की' से*

और जब आजादी की बात करना मुमकिन हो जाता है, तब राज्य का अस्तित्व ही नहीं रह जाता।"

—बेबेल को अपने पत्र में एंगेल्स ने लिखा
28 मार्च, 1875

: * :

बेचैन आदर्शवादी

बचैन आदर्शवादी—और बिना कुछ बेचैनी के, कोई व्यक्ति कभी असरकारी साबित नहीं हो सकता—दुनिया में खुशहाली लाने की अपनी कोशिश में मिलने वाले विरोध और हताशाओं के चलते निश्चय ही नफरत से भर जाएगा।

—बर्ट्रेंड रसे

: * :

नेता

कार्लाइल लिखता है, "अगर कोई पर्याप्त रूप से महान्, समझदार और अच्छा आदमी मिल जाता, तो बिल्कुल वक्त बरबाद नहीं होता—ऐसा व्यक्ति, जिसे सचमुच यह समझ होती कि वक्त की माँग क्या है ? जिसमें इतना पराक्रम होता कि वक्त के लिहाज से सही रास्ते पर नेतृत्व कर सकता, तब तो इनकी बदौलत कोई भी समय मुक्ति का समय हो सकता था।"

: * :

मनमानी

कॉट्स्की ने 'प्रोलेटेरियट डिक्टेटरशिप' शीर्षक से एक पुस्तिका लिखी, जिसमें उसने बुर्जुआ लोगों को मतदान के अधिकार से वंचित करने के

बोल्शेविकों के कृत्य की निंदा की। यह बात लेनिन ने अपनी पुस्तक 'प्रोलेटेरियन रेवोल्यूशन' में लिखी।

कैसी मनमानी! सोचिए कि इस निंदा में बुर्जओं की घटिया चापलूसी और अत्यधिक मूर्खतापूर्ण आलंकारिकता छुपी हुई है। पूरी तरह बुर्जुआ और पूँजीवादी देशों के अधिकतर प्रतिक्रियावादी न्यायविद् सदियों से नियम और कानून बनाते आ रहे हैं, विभिन्न संहिताओं और कानूनों की पुस्तकें लिखते आ रहे हैं, और मजदूरों का दमन करके उनकी व्याख्याएँ करते रहे हैं, ताकि उनके हाथ-पैर बाँधे जा सकें और सीधे-सादे मेहनतकश लोगों के रास्ते में सैकड़ों बाधाएँ व मुश्किलें खड़ी करते आ रहे हैं—जब यह होता है, तब बुर्जुआ लिबरल्स और कॉट्स्की को 'मनमानी' दिखाई नहीं देती! यह कानून और व्यवस्था है! यह विचार और लिखा गया है कि किस तरह हजारो-हजार बुर्जुआ वकील और अधिकारी कानूनों की इस तरह व्याख्या करते हैं कि औसत किसान काँटों से घिरे बाड़े में से कभी बाहर आ ही नहीं पाता। यह मनमानी बिल्कुल नहीं है। यह गंदे और अपना फायदा ढूँढ़ने वाले शोषकों की निरंकुशता नहीं है, जो लोगों का खून पी रहे हैं?

अरे, ऐसा कुछ नहीं है! यह 'शुद्ध लोकतंत्र' है, जो रोजाना और अधिक शुद्ध होता जा रहा है। लेकिन जब इतिहास में पहली बार मेहनतकश और शोषित लोगों ने, जो साम्राज्यवादी युद्ध के द्वारा सीमा के पार अपने भाइयों से अलग कर दिए गए थे, अपनी सोवियतें बना लीं, तब उन्होंने राजनीति विचार रखनेवाले मजदूरों का आह्वान किया। यह वह वर्ग था, जिसे बुर्जुआ ने दमित और भ्रमित किया था। इन लोगों ने एक नए सर्वहारा राज्य की स्थापना करना शुरू कर दिया। उन्होंने 'शोषकों से रहित राज्य' के बुनियादी सिद्धांत का प्रतिपादन किया। तब बुर्जुआ, खून चूसने वालों के सभी गुंडे कॉट्स्की के साथ मनमानी का राग आलापने लगे।

—लेनिन

———: * :———

पार्टी

लेकिन यह स्पष्ट हो गया है कि जब तक नेतृत्व करने के लिए कोई पार्टी न हो, तब तक कोई क्रांति संभव नहीं है।

—लेसंस ऑफ अक्तूबर (1917)

———————— : * : ————————

सर्वहारा क्रांति के लिए पार्टी रूपी माध्यम अपरिहार्य है।

—ट्रॉटस्की की वही पुस्तक

———————— : * : ————————

साम्यवादियों का मकसद

"साम्यवादी अपने विचारों तथा मकसदों को छुपाने से नफरत करते हैं। वे खुलकर ऐलान करते हैं कि उनका मकसद सिर्फ मौजूदा सामाजिक हालात को ताकत से बदलकर ही पाया जा सकता है। साम्यवादी क्रांति से सत्ताधारी वर्ग को काँपने दो। सर्वहारा के पास अपनी जंजीरों के अलावा खोने को कुछ नहीं है। जीतने के लिए एक दुनिया है। सभी देशों के मजदूरो, एक हो जाओ।

———————— : * : ————————

साम्यवादी क्रांति का मकसद

"हमने ऊपर देखा कि मजदूर वर्ग द्वारा क्रांति में पहला कदम सर्वहारा को सत्ताधारी वर्ग बनाना, लोकतंत्र की लड़ाई जीतना, क्रमिक रूप से बुर्जुआ से सारी पूँजी छीन लेना, उत्पादन के सभी साधन राज्य के हाथों में केंद्रित करना,

अर्थात् सत्ताधारी वर्ग के रूप में संगठित सर्वहारा, और सभी उत्पादक ताकतों को अधिकतम तेजी के साथ बढ़ाना है।"

—साम्यवादी घोषणा-पत्र

—————— : * : ——————

कार्ल मार्क्स की गलतियाँ

"...निश्चय ही ऐसा लगता है कि मानो ट्राट्स्की उस विचारधारा से ताल्लुक रखते हैं, जिसे जर्मन लोग 'रियल पॉलिटिक्स' कहते हैं और वे किसी भी विचाराधारा से उतने ही अछूते हैं, जितने बिस्मार्क। लिहाजा, यह बड़ी बात है कि ट्राट्स्की इतने क्रांतिकारी नहीं हैं कि यह कह सकें कि मार्क्स ने कोई गलती नहीं की, बल्कि उन्हें व्याख्या के रूप में एक पृष्ठ या उससे कुछ अधिक लिखना पड़ा—यह सिद्ध करने के लिए कि पवित्र ग्रंथों का अर्थ उससे एकदम अलग होता है, जो वे कहते हैं।

ट्राट्स्की की पुस्तक 'लेसन ऑफ अक्तूबर' 1917 की प्रस्तावना
प्रस्तावना
ए. ऑसन बारेंस द्वारा लिखित

—————— : * : ——————

लोगों की आवाज

हम जिन भी सरकारों को जानते हैं, उन्होंने मुख्यतः लोगों के बीच मतभेद के कारण ही शासन किया; वे सरकारें हमेशा अल्पमत में रहीं, देश के किसी-न-किसी गुट से संबंधित, जो राजनीतिक रूप से सजग हों। लेकिन

जब दैत्य (यानी जनता-सं.) जागता है, तो वह अपनी मर्जी का काम करता है और दुनिया के लिए सिर्फ इस बात का महत्त्व है कि वह कब जागता है ?

—प्रस्तावना

———————: * :———————

लेनिन ने जुलाई 1917 में लिखा—"ऐसा अवसर आता है, घटनाक्रम अचानक कोई मोड़ लेता है, तो कोई उन्नत दल भी नई स्थितियों से स्वयं का तालमेल नहीं बैठा पाता। यह बीते दिनों के आदर्श वाक्य दोहराता रहता है, जिनके अर्थ नई परिस्थितियों में खोखले होते हैं, और जो 'अनपेक्षित' रूप से अपना अर्थ खो चुके होते हैं तथा जिस अनुपात में घटनाओं में 'अप्रत्याशित' परिवर्तन हो चुका होता है।"

—लेसंस ऑफ अक्तूबर

———————: * :———————

दाव-पेंच और रणनीति

राजनीति में युद्ध की तरह दाव-पेंच का अर्थ होता है—तटस्थ कारवाइयों के संचालन की कला; रणनीति का अर्थ होता है—जीत की कला, जो वास्तव में सत्ता पर कब्जा करना है।

———————: * :———————

प्रोपेगंडा और कारवाई

यह बड़ा अचानक परिवर्तन तब होता है, जब सर्वहारा का दल तैयारी के साथ प्रचार और प्रचार अथवा संगठन और आंदोलन से सत्ता के वास्तविक संघर्ष तथा बुर्जुआ के खिलाफ वास्तविक विद्रोह की ओर बढ़ता है। दल में जो लोग ढुलमुल अथवा शंकालु, अथवा समझौतापरस्त अथवा कायर होते हैं,

वे विद्रोह का विरोध करते हैं। वे अपने विरोध को सही ठहराने के लिए सैद्धांतिक जन दलीलें तलाशते हैं, और वे उन्हें मिल भी जाती हैं, बिल्कुल तैयार, अपने पिछले समय के विरोधियों के बीच।

—ट्राट्स्की

"हमें स्वयं को निर्देशित करने की जरूरत है, लेकिन पुराने फॉर्मूलों से नहीं, बल्कि नई वास्तविकताओं से।"

—लेनिन

उसने हमेशा भविष्य के लिए अतीत से लड़ाई लड़ी।

…लेकिन ऐसा क्षण आता है, जब यह सोचने की आदत जीत में सबसे बड़ी रुकावट बन जाती है कि दुश्मन ज्यादा ताकतवर है।

—ट्राट्स्की

———— : * : ————

…लेकिन ऐसी परिस्थितियों में हर एक दल के पास उसका लेनिन नहीं होगा।

…कोई क्षण गँवाने का मतलब क्या होता है?

…दाव-पेंच की सारी कला इस बात में निहित है कि जब परिस्थितियों का जोड़ सबसे ज्यादा अनुकूल हो, तब उस क्षण को उसके साथ मिला दो—

(परिस्थितियों ने जोड़ को बनाया है और लेनिन ने कहा (संकट का समाधान किसी-न-किसी तरह करना ही होता हैं)। लेनिन ने दोहराया कि 'अभी या कभी नहीं'।

———— : * : ————

किसी क्रांतिकारी दल की ताकत एक सीमा तक बढ़ती है, जिसके बाद इससे विपरीत हो सकता है—

(लेनिन ने) अक्तूबर की शुरुआत में लिखा कि "संकोच करना अपराध है, सोवियतों की कांग्रेस का इंतजार करना बचपना है, औचित्य के साथ बेशर्मी से खिलवाड़ करना क्रांति के साथ विश्वासघात है।"

———— : * : ————

उपयुक्त अवसर

राजनीति में समय एक महत्त्वपूर्ण कारक है; जंग और क्रांति में इसका महत्त्व हजारों गुना बढ़ जाता है। वे चीजें आज की जानी चाहिए, जिन्हें कल नहीं किया जा सकता। हथियार उठाना, दुश्मन को हराना, हुकूमत हासिल करना आज संभव हो सकता है, लेकिन कल शायद यह संभव न हो। लेकिन तुम कहोगे कि हुकूमत हासिल करने का मतलब इतिहास की दिशा बदलना है; क्या यह संभव है कि ऐसी कोई बात 24 घंटे बाद हो सके? फिर भी, जब हथियारबंद विद्रोह की बात आती है, तो घटनाओं को राजनीति के गज से नहीं, बल्कि युद्ध के छोटे गजों से मापा जाता है। कुछ सप्ताह, कुछ दिन, कभी-कभी एक दिन भी गँवा देने का मतलब क्रांति को छोड़ देना, समर्पण करना हो सकता है।

राजनीति धूर्तता हमेशा खतरनाक होती है, खासकर क्रांति में। तुम दुश्मन को धोखा दे सकते हो, लेकिन ऐसा करने से जनता भ्रमित हो सकती है, जो तुम्हारे पीछे चल रही है।

—————— : * : ——————

झिझक

नेताओं का झिझकना और अनुयायियों का उसे महसूस करना आमतौर पर राजनीति में नुकसानदेह होता है, लेकिन हथियारबंद विद्रोह में यह घातक रूप से खतरनाक है।

—————— : * : ——————

युद्ध

..."युद्ध तो युद्ध है", जो भी हो, कोई झिझक नहीं होनी चाहिए और वक्त नहीं गँवाना चाहिए।

—————— : * : ——————

अक्षम नेता

"...दो तरह के नेता होते हैं, जो उस वक्त अपने दल को वापस खींच लेते हैं, जब उसे तेजी से आगे बढ़ना चाहिए। एक तरह के नेता क्रांति के रास्ते में बहुत अधिक मुश्किलें और रुकावटें देखते हैं और उन्हें ही देखते रहते हैं—जान-बूझकर या अनजाने में इस इच्छा के साथ कि उसे टाला जाए। वे मार्क्सवाद को एक सिस्टम में बदल देते हैं, यह समझाने के लिए कि क्रांतिकारी काररवाई क्यों असंभव है।

दूसरी तरह के नेता सिर्फ उथले आंदोलनकारी होते हैं। वे तब तक रुकावटें नहीं देखते, जब तक उनसे टकराकर उनका सिर नहीं फूट जाए। वे समझते हैं कि भाषण की बाढ़ से वे वास्तविक कठिनाइयों से बच सकते हैं। वे हर चीज को चरम आशावाद के साथ देखते हैं, और स्वाभाविक रूप से उस वक्त रास्ता बदल लेते हैं, जब वास्तव में कुछ किया जाना जरूरी होता है।

समाज शास्त्र

मूल्य

"1 क्वार्टर कॉर्न = X/ लोहे का मूल्य। यह सवाल हमें क्या बताता है? यह हमें बताता है कि दो अलग-अलग चीजों में—एक क्वार्टर कॉर्न में और X लोहे के मूल्य—कोई ऐसी चीज समान मात्रा में है, जो दोनों में साझा रूप से उपस्थित है। लिहाजा, ये दो चीजें किसी तीसरे के बराबर होनी चाहिए, जो अपने आप में न एक है न दूसरी—अब हम इनमें से प्रत्येक उत्पाद के अवशेष पर विचार करें; यह प्रत्येक में सारहीन वास्तविकता के रूप में मौजूद है, मानवीय श्रम की महज समरूप जमावट, उस श्रमशक्ति की, जो इसके खर्च के स्वरूप पर विचार किए बिना खर्च कर दी गई। ये सभी चीजें हमें बताती हैं कि मानवीय श्रमशक्ति उनके उत्पादन में खर्च हुई

है, यही श्रम उनका साकार रूप है। सभी में साझा रूप से विद्यमान, इस सामाजिक सारतत्त्व को क्रिस्टल के रूप में देखा जाने पर यही मूल्य है।"

—मार्क्स, 'कैपीटल' अंग्रेजी अनुवाद

कानून

"बहरहाल, समाज कानून पर आधारित नहीं होता। यह एक कानूनी कल्पित कथा है। इसके विपरीत, कानून समाज पर आधारित होना चाहिए। इसमें समाज की रुचि तथा आवश्यकताओं की अभिव्यक्ति होनी चाहिए, जो व्यक्तिगत निरंकुशता के बरक्स सामाजिक और आवश्यक रूप से उत्पादन की भौतिक विधि का परिणाम हो। जहाँ तक नेपोलियन कोड का सवाल है, तो मेरे मुताबिक, इसने आधुनिक सभ्य समाज को उत्पन्न नहीं किया है। जो समाज 18वीं शताब्दी में उत्पन्न और 19वीं शताब्दी में विकसित हुआ, उसे इस कोड में सिर्फ एक कानूनी अभिव्यक्ति मिलती है।

"जैसे ही वह सामाजिक स्थितियों के अनुकूल नहीं रह जाता, वैसे ही यह सिर्फ कागज की बरबादी हो जाता है—कानून जीवन की स्थितियों में बदलाव के अनुसार बदलना ही चाहिए। सामाजिक बदलाव के खिलाफ पुराने कानून को नई आवश्यकताओं तथा माँगों के अनुरूप युग की भावना के अनुसार न बदला जाना सिर्फ विशेष सामान्य हित के विरुद्ध पाखंडपूर्ण दुराग्रह है।"

—मार्क्स, जूरी ऑफ कोलोंज के कोर्ट के समक्ष

———————— : * : ————————

आम जनता

आम जनता एक मोटा और बेढंगा भारवाही पशु है, जिसे अपनी ताकत का पता नहीं है, और इसीलिए बोझा ढो रहा है, चाबुक और डंडे खा रहा है, एक कमजोर बच्चे द्वारा हाँका जा रहा है, जिसे वह एक पल में झटक सकता

है। लेकिन वह बच्चे से डरता है और उसकी मनमर्जी से चलता है। उसे कभी यह महसूस नहीं होता कि वह बच्चा भी उससे कितना डरा हुआ है—आश्चर्य ! वे अपने हाथों से फाँसी पर लटक जाते हैं और खुद जेल चले जाते हैं तथा उसी बहुत सारे पैसे में से एक दमड़ी के लिए युद्ध और मौत को स्वयं पर झेल लेते हैं, जो उन्होंने स्वयं राजा को दिया था। स्वर्ग और धरती के बीच सबकुछ उनका है, लेकिन उन्हें नहीं पता, और अगर उन्हें कोई यह बात बताए, तो वे उसे लात मार देंगे और मार डालेंगे।"

—टोम्मासो केंपानेल

———————: * :———————

मार्क्सवाद बनाम समाजवाद

(1908–12) लेखक ब्लादिमीर जी. सिखोविच पी–एच.डी. कोलंबिया विश्वविद्यालय, वह एक के बाद एक मार्क्स के सिद्धांतों की आलोचना करता है और निम्नलिखित बातों के आधार पर उनका खंडन करता है—

1. मूल्य का सिद्धांत
2. इतिहास की आर्थिक व्याख्या
3. संपदा का कुछ हाथों में एकत्र होना अर्थात् पूँजीपतियों के हाथों में, और मध्यम वर्ग का पूरी तरह विनाश तथा सर्वहारा वर्ग का उभार
4. बढ़ता लालच
5. आधुनिक राज्य और सामाजिक व्यवस्था के लाजिमी संकट

उसका निष्कर्ष है कि मार्क्सवाद सिर्फ इन बुनियादी सिद्धांतों पर आधारित है और वह उनका एक-एक कर खंडन करता है। वह निष्कर्षत: यह मानता है कि क्रांति से अचानक आई विपत्ति के बारे में धुँधली शंकाएँ अब तक खोखली साबित हो चुकी हैं। मध्यम वर्ग कम नहीं हो रहा, बल्कि बढ़ रहा है। संपन्न वर्ग के लोगों की संख्या बढ़ रही है, और उत्पादन तथा

उपभोग के तरीके भी परिस्थितियों के साथ बदल रहे हैं। लिहाजा, मजदूरों की स्थिति में सुधार से किसी भी प्रकार के टकराव को टाला जा सकता है। सामाजिक अशांति का कारण बढ़ती गरीबी नहीं, बल्कि औद्योगिक केंद्रों में गरीब वर्गों का इकट्ठा हो जाना है। इसी कारण वर्ग चेतना बढ़ रही है। इसीलिए यह सब हाय-तौबा मची है।

———————— : ✱ : ————————

लेस मिजरेबल्स की प्रस्तावना

जब तक कानून और रिवाजों के कारण एक सामाजिक लानत-मलामत मौजूद है, जो सभ्यता के बीच बनावटी नरक पैदा करती है, और जो प्रारब्ध को जटिल बनाकर, जो मानवीय होकर भी दिव्य रूप दिए जाने से घातक हो जाता है; जब तक युग की तीन समस्याओं—गरीबी के कारण आदमी का पतन, भूख के कारण औरत की तबाही, अज्ञान के कारण बच्चों की पंगुता—का समाधान नहीं हो जाता; जब तक कुछ क्षेत्रों में सामाजिक नाड़ी रुकना (साँस रुकना) संभव है—अन्य शब्दों में, और अधिक व्यापक दृष्टिकोण से, जब तक धरती पर अज्ञान और दुष्टता मौजूद है, तब तक इस तरह की पुस्तकें बेकार नहीं हो सकतीं।

—विक्टर ह्यूगो*

जज की परिभाषा

"जज, जो दर्द के प्रति बेरहम है, वह जज के अधिकार का हनन करता है।"

—रवींद्रनाथ टैगोर

———————— : ✱ : ————————

* *विक्टर ह्यूगो 1802-1855 : फ्रांसीसी कवि, नाटककार, उपन्यासकार और रोमांसवाद के एक प्रवर्तक। लेस मिजरेनल्स उनका 1862 में लिखा एक क्लासिक उपन्यास है।*

"लेकिन बिना विरोध की शहादत जो नहीं कर पाती, वह सच्ची और विरोध करनेवाली ताकत कर जाती है और जालिम को नपुंसक बनाकर उसे और सितम करने लायक नहीं छोड़ती।"

***घुटन—भगमसिंह**

: * :

"उस वक्त हिंदुओं में यह आवाज थी कि धर्म बदलने के बजाय मर जाओ। लेकिन रामदास ने उठ खड़े होकर घोषणा की, "नहीं, ऐसा नहीं हो ! धर्म बदलने से बेहतर है, मारे जाओ। यह पर्याप्त रूप से अच्छा है; लेकिन इस बात के लिए संघर्ष करना बेहतर है कि न मारे जाओ, न आवेग में धर्म बदलो, बल्कि हिंसा की ताकतों को ही मार डालो। ऐसा करते हुए विजेता को मारते हुए मरना पड़े तो मर जाओ—धर्म की खातिर।"

—हिंदू पादशाही

: * :

सभी लेजिस्लेटर अपराधियों के रूप में परिभाषित

"शुरू से लेकर लिक्युरगस, सोलोन महोमेट, नेपोलियन आदि तक सभी लेजिस्लेटर और शासक अपराधी रहे हैं, क्योंकि नए कानून देते समय पुराने कानूनों को तोड़ा, जिनका समाज ने निष्ठा से पालन किया और अपनी संतानों को इसका दायित्व सौंप गए।"

(क्राइम ऐंड पनिशमेंट)

—दोस्तोवस्की

: * :

बर्क ने कहा, "एक सच्चा राजनीतिज्ञ हमेशा यह मानता है कि वह अपने देश की वर्तमान सामग्री का सर्वश्रेष्ठ उपयोग करेगा।"

—————— : * : ——————

न्याय शास्त्र

कानून

1. कानूनी व्याख्या	जैसी मौजूद है
2. कानून का इतिहास	जैसा बनाया गया
3. कानून का विज्ञान	जैसा होना चाहिए

—————— : * : ——————

1. सैद्धांतिक 2. सामान्य	(i) दर्शन। विज्ञान के लिए आधार देने वाला न्याय शास्त्र

—————— : * : ——————

1. विश्लेषणात्मक 2. ऐतिहासिक 3. नैतिक	न्याय शास्त्र

1. विश्लेषणात्मक न्याय कानून के प्रथम सिद्धांत की व्याख्या करता है। यह निम्नलिखित विषयों पर चर्चा करता है—
   (ए) सिविल कानून की अवधारणा
   (बी) सिविल और अन्य कानूनों के बीच संबंध

* *ऐसा प्रतीत होता है कि भगत सिंह ने विधिशास्त्र संबंधी व्यापक अध्ययन की रूपरेखा बनाई थी, जो नोटबुक के अगले कई पृष्ठों तक जारी है।*

(सी) कानून के विचार का निर्माण करनेवाले अनेक घटक विचार, अर्थात् राज्य की संप्रभुत्ता और न्याय प्रशासन

(डी) कानून के विधिक स्रोत, और कानून का सिद्धांत आदि

(ई) कानून की वैज्ञानिक व्यवस्था

(एफ) कानूनी अधिकार

(जी) कानूनी (सिविल और क्रिमिनल) दायित्व का सिद्धांत

(एच) अन्य कानूनी अवधारणाएँ

(2) ऐतिहासिक न्यायशास्त्र में कानून की उत्पत्ति और विकास को शासित करनेवाले सामान्य सिद्धांतों; कानूनी अवधारणाओं की चर्चा होती है। यह इतिहास है।

(3) नैतिक न्यायशास्त्र न्याय के साथ कानून के संबंध का अध्ययन है।

—————— : * : ——————

कानून और न्याय

कानून और नीतिशास्त्रीय निहितार्थों की पूर्ण आलोचना विश्लेषणात्मक विधिशास्त्र की एक बेजान प्रणाली में तब्दील कर सकती है।

इंग्लैंड में

दो विभिन्न शब्द 'कानून' और 'न्याय' लगातार याद दिलाते हैं कि ये दोनों अलग-अलग चीजें हैं, एक ही नहीं। उनका उपयोग करते समय दोनों के बीच वास्तविक और घनिष्ठ संबंध को नहीं देखा जाता।

और महाद्वीप में

(रीचेट : अधिकार = ड्रॉइट : कानून)
महाद्वीपीय भाषा में 'कानून' और 'अधिकार' के बीच भेद छुप जाता है, जबकि अंग्रेजी भाषा में उनके बीच संबंध को छुपाया जाता है।

——————: * :——————

कानून

"हम उस किसी भी किस्म के नियम या सिद्धांत को कानून नाम दे देते हैं, जिसके द्वारा कार्यों को कानून का रूप दिया जाता है।"

—हूकर

"कानून अपने सर्वाधिक सामान्य अर्थ में कार्य के नियम का द्योतक है, और सभी तरह के कार्यों में भेदभाव नहीं करता, चाहे संगत हो या असंगत, जड़ हो या चेतन।"

इस तरह हम कहते हैं, गति के सिद्धांत, गुरुत्वाकर्षण के सिद्धांत, प्रकाश के सिद्धांत, प्रकृति के सिद्धांत और राष्ट्रों के सिद्धांत।

—ब्लेकस्टोन

कानूनों के प्रकार

(1) अनिवार्य कानून

(2) भौतिक कानून अथवा वैज्ञानिक कानून

(3) प्राकृतिक अथवा नैतिक कानून

(4) पारंपरिक कानून

(5) प्रथागत कानून

(6) व्यावहारिक अथवा तकनीकी कानून

(7) अंतरराष्ट्रीय कानून

(8) सिविल कानून अथवा राज्य का कानून

————: * :————

1. अनिवार्य कानून का अर्थ है, कार्य का वह नियम, जो लोगों पर किसी ऐसे अख्तियार द्वारा लागू किया जाता है, जो इसका पालन करने को मजबूर करता है। "कानून एक ऐसा आदेश है, जो किसी व्यक्ति अथवा व्यक्तियों को एक विशेष प्रकार के आचरण के लिए मजबूर करता है।"

   अनिवार्य कानून का अनुमोदन : सजा, युद्ध आदि समाज में सकारात्मक नैतिकता भी अनिवार्य कानून है।

   —ऑस्टिन

{**हॉब्स के विचार :** मानव और हथियार कानून की ताकत और बल का निर्माण करते हैं।

2. **भौतिक कानून :** कार्यों की उसी स्वरूप में अभिव्यक्ति है। (नैतिक कानून अथवा तर्क का कानून ऐसे कार्यों की अभिव्यक्ति है, जो होना चाहिए)।

3. **प्राकृतिक अथवा नैतिक कानून** का अर्थ है सही और गलत के प्राकृतिक सिद्धांत—नैसर्गिक न्याय के सिद्धांत, जिनमें सही न्यायपूर्ण कार्य शामिल हैं। न्याय दो तरह का होता है—सकारात्मक और नैसर्गिक

   नैसर्गिक न्याय वह है, जो वास्तव में है और सत्य है।

सकारात्मक न्याय : ऐसा न्याय है, जिसकी अवधारणा की गई है, जिसे मान्य तथा अभिव्यक्त किया गया है।

4. **पारंपरिक कानून :** कोई भी ऐसे नियम अथवा नियमों की व्यवस्था है, जिस पर लोग अपने आचरण के विनियमन के लिए सहमत हों। अनुबंध संबंधित पक्षों के लिए एक कानून है।

5. **प्रथागत कानून** ऐसा कार्य का नियम है, जिसका वास्तव में लोगों द्वारा पालन किया जाता है—कोई नियम, जो स्वैच्छिक कार्य की किसी वास्तविक समानता को अभिव्यक्त करता है।

6. **व्यावहारिक अथवा तकनीकी कानून** में किसी व्यावहारिक लक्ष्य को प्राप्त करने के लिए नियम होते हैं। खेलों में ये दोनों होते है—'पारंपरिक कानून' और 'व्यावहारिक कानून'। पहले वाले कानून पर खिलाड़ियों की सहमति होती है, जबकि दूसरे वाले कानून में ऐसे नियम होते हैं, जो खेल को सफल बनाने अथवा खेल को सफलतापूर्वक खेले जाने के लिए होते हैं।

. **अंतरराष्ट्रीय कानून** में वे नियम होते हैं, जो संप्रभुत्ता संपन्न राज्यों के अन्य राज्यों के साथ संबंधों तथा आचरण को शासित करते हैं।

(1) एक्सप्रेस कानून (संधियाँ आदि)

(2) सांकेतिक कानून (प्रथागत)

(3) साझा कानून (सभी देशों के बीच)

(4) विशिष्ट कानून (दो अथवा अधिक विशिष्ट राष्ट्रों के बीच)

8. **सिविल कानून :** राज्य अथवा देश का कानून—जो न्याय की अदालतों में लागू होता है।

दंड

राजनीति अपराध

"हम बड़ी संख्या में उन लेजिस्लेटर्स के इस विचार से सहमत हैं कि आमतौर पर कोई व्यक्ति, जो किसी ऐसी राजनीतिक साजिश का हिस्सा रहा हो, जिसे अंजाम न दिया गया हो, उसे कठोर दंड नहीं दिया जाना चाहिए। फिर भी, राज्य के विरुद्ध होनेवाले बड़े अपराधों के मामले में इस नियम का अपवाद होना चाहिए; क्योंकि राज्य के विरुद्ध अपराध, विशेषकर अत्यंत जघन्य और भयंकर अपराध इस प्रकार के होते हैं कि यदि उन्हें सफलतापूर्वक अंजाम दे दिया जाए, तो अपराधी हमेशा दंड से बच जाता है। कातिल उसके शिकार की मौत के बाद पहले से ज्यादा खतरे में हो जाता है। चोर उसके शिकार की मौत के बाद पहले से ज्यादा खतरे में आ जाता है। चोर पर्स लिये जाने के बाद पहले से ज्यादा खतरे में आ जाता है, लेकिन राजद्रोही जब सरकार का तख्ता पलट देता है तो वह खतरे से बाहर हो जाता है। चूँकि दंड देने वाला कानून कामयाब बागी के विरुद्ध नपुंसक होता है, लिहाजा यह बहुत जरूरी है कि इसे बगावत के शुरू होते ही अधिक कठोर और तीखा बना दिया जाए।"

—II एल.सी.सी. जजमेंट, 1906

————— : * : —————

मृत्युदंड का सपना

जब **मार्सियस** ने सपना देखा कि उसने **डायोनिसिस*** का गला काट दिया, तो जालिम शासक ने उसे मौत के घाट उतार दिया, यह दलील देते हुए

* *डायोनीसियस द एनडर (430–367 ई.पू.) सिसली का यूनानी राजनेता, जो 400 ई.पू. में साइयक्यूस का निरंकुश शासक बना। ड्रैको ई.पू. सातवीं सदी में एथेंस (यूनान) का राजनीतिज्ञ, जिसने परंपरागत अलिखित संविधान को सहिंताबद्ध किया, छोटे से लेकर बड़े तक सभी प्रकार के जुर्मों के लिए, प्राणदंड देने के लिए कुख्यात उसका कानून (ड्रैकनियन लॉ) आज भी ऐसे काले कानूनों के लिए मुहावरे के तौर पर इस्तेमाल होता है।*

कि यदि उसने दिन में यह सोचा न होता, तो वह कभी रात में यह सपना देख ही नहीं सकता था।

———————— : * : ————————

मृत्युदंड और डेको का कानून

डेको के कानूनों ने प्रायः सभी अपराधों के लिए मृत्युदंड निर्धारित किया था, छोटी-मोटी चोरी के लिए भी, धर्मस्थान को अपवित्र करने और हत्या के लिए भी। कहते हैं कि डेको ने इसकी एकमात्र सफाई यह दी थी कि छोटे अपराधों के लिए यह सजा मिलनी चाहिए और बड़े जुर्मों के लिए इससे बड़ी सजा वह सोच नहीं सका।

———————— : * : ————————

दंड को अनेक दार्शनिक एक आवश्यक बुराई समझते हैं।

———————— : * : ————————

राज्य और आदमी

राज्य अपने आप में कोई लक्ष्य नहीं है और आदमी कानून अथवा राज्य के लिए नहीं, बल्कि ये दोनों आदमी के लिए हैं।

———————— : * : ————————

न्याय

किसी राजनीतिक समुदाय के भीतर राज्य की भौतिक ताकत के माध्यम से अधिकार को कायम रखना।

जब मनुष्यों ने अपने पर किए गए अन्यायों का स्वयं अथवा अपने परिजनों के साथ मिलकर बदला लिया, तब इसने व्यक्तिगत प्रतिशोध की जगह ले ली। उन दिनों 'जिसकी लाठी उसकी भैंस' का सिद्धांत चलता था।

सिविल और आपराधिक न्याय

सिविल न्याय अधिकारों को लागू करता है। आपराधिक न्याय गलत कामों पर दंड देता है।

कोई व्यक्ति उसके द्वारा दिए गए कर्ज अथवा उससे गलत तरीके से छीनी गई संपत्ति को वापस लेने के लिए दावा करता है। यह सिविल है।

आपराधिक मामले में प्रतिवादी पर कुछ गलत करने का आरोप होता है। अदालत आरोपी को उसके कर्तव्य का पालन न करने तथा किसी अधिकार के हनन के लिए सजा देती है। उसे हत्या के लिए फाँसी और चोरी के लिए कैद की सजा दी जाती है।

सिविल और मूल प्रक्रियाओं, दोनों में किसी गलत काम की शिकायत होती है। सिविल में किसी अधिकार का दावा होता है।

आपराधिक में यह प्राय: गलत का आरोप होता है।

सिविल न्याय प्राथमिक दृष्टि से वादी और उसके अधिकारों से संबंधित है।

आपराधिक का संबंध प्रतिवादी और उसके अपराध से है।

———————— : * : ————————

आपराधिक न्याय के उद्‌देश्य

1. **दंड :** कानून का मुख्य उद्‌देश्य गलत काम करनेवाले को एक मिसाल बनाकर उसके समान सोचने वालों के लिए चेतावनी देना है। इससे प्रत्येक "अपराधी को अपराध करना कठिन हो जाता है।"

   अभिप्राय (motive) बदलकर

* *·ऐसी स्थिति में राजनीति जैसे तटस्थ अपराधियों के मामले में यह उपयोगी नहीं हो सकता। यह उनके लिए घाटे का सौदा होगा"—भगत सिंह*

2. **रोकथाम :** इसका दूसरा उद्देश्य अपराध की रोकथाम करना अथवा अपराध करने के अयोग्य बनाना है। इसका विशेष उद्देश्य अपराधी को अपराध करने के अयोग्य बनाकर अपराध की पुनरावृत्ति को रोकना है।

मृत्युदंड का औचित्य

हम हत्यारे को सिर्फ इसलिए फाँसी नहीं देते कि इससे दूसरों को हत्या करने से रोका जा सकता है, बल्कि उसी कारण से देते हैं, जिस कारण से हम साँप को मारते हैं, यानी हमारे लिए यह बेहतर है कि वह दुनिया में रहने के बजाय दुनिया से बाहर रहे।

3. **सुधारात्मक :** अपराध चरित्र पर अभिप्राय के असर के कारण होते हैं, और अभिप्राय बदलकर अथवा चरित्र बदलकर उन्हें रोका जा सकता है। अवरोधक दंड पहली घटना में काम करता है, जबकि सुधारात्मक दंड दूसरे में।

'सुधारात्मक सिद्धांत' के समर्थक दंड के सिर्फ उन स्वरूपों को स्वीकार करते हैं, जो अपराधी को शिक्षा दें और अनुशासित करें, और उन सभी दंडों को अस्वीकृत करते हैं, जो निवारक तथा अपराधी को अपराध के अयोग्य बनाने वाले (हों)। उनकी नजर में मृत्युदंड उचित नहीं है। कोड़े मारने तथा अन्य शारीरिक दंड देने को बर्बरता की निशानी मानकर उनकी आलोचना की जाती है। उनके द्वारा ऐसे दंडों को दंड पाने वाले तथा दंड देने वाले, दोनों के लिए तथा क्रूरतापूर्ण माना जाता है।*

राज्य की बलपूर्वक कारवाई जितनी अधिक सक्षम होगी, वह सामान्य लोगों को खतरनाक रास्ते पर जाने से रोकने में उतनी ही सफल होगी, और कानून तोड़ने वालों के लिए वह उसी अनुपात में पतनकारी होगी।

---

* *कठोर दंड का परिणाम: अपराधियों का खतरनाक और गुस्सैल वर्ग उत्पन्न हो जाता है।*

4. **प्रतिकारात्मक दंड :** इससे बदले अथवा प्रतिशोध की प्रवृत्ति की तुष्टि होती है, जो न सिर्फ उस व्यक्ति में होती है, जिसके साथ गलत हुआ हो, बल्कि व्यापक समाज में यह सहानुभूतिपूर्ण विस्तार के रूप में भी होती है। इस दृष्टिकोण के अनुसार, यह सही और उचित है कि बुरे के बदले बुरा किया जाए। आँख के बदले आँख फोड़ी जाए और दाँत के बदले दाँत। इसे ही नैसर्गिक न्याय का आत्मनिर्भर पर्याप्त सीधा नियम माना जाता है। दंड स्वयं एक बुराई बन जाता है।

दंड : एक बुराई

दंड अपने आप में एक बुराई है, और उसे किसी बड़े भलाई के काम के साधन के रूप में ही उचित ठहराया जा सकता है।

> लेकिन प्रतिकारात्मक सिद्धांत के समर्थक दलील देते हैं कि "अपराध और दंड मिलकर निर्दोषता बन जाते हैं।"*

भगत सिंह की टिप्पणी

"उस अपराध से जिसमें किसी ने सच्चे व्यक्ति के अधिकार का हनन किया है, उसका कर्ज उस पर हो गया। न्याय की माँग है कि यह कर्ज चुकाया जाए—दंड का पहला उद्देश्य तोड़े गए कानून को संतुष्ट किया जाए।

: * :

Peive forte due तड़पाकर दी जानेवाली मौत थी, उसके लिए निम्नलिखित निर्णय दिया गया—

* *सबसे भयानक सिद्धांत ! इस तरह से सोचने वाले लोग वास्तव में प्राचीन और सभ्यता-पूर्व की बर्बर प्रवृत्तियों को कायम रखते हैं।*

"यह कि तुम्हें उसी जेल में वापस ले जाया जाएगा, जहाँ से तुम आए हो, एक लंबी काल कोठरी में, जिसमें रोशनी नहीं जा सकती। इसके बाद तुम्हे नंगे फर्श पर पीठ के बल लिटाया जाएगा, तुम्हारी कमर में एक कपड़ा बाँध दिया जाएगा, बाकी सारा शरीर नंगा होगा। इसके बाद तुम्हारे शरीर पर लोहे का उतना वजन रखा जाएगा, जितना तुम सहन कर सकते हो, और उससे भी ज्यादा, उस दिन तुम्हारी बरदाश्त की ताकत खत्म हो जाएगी, पहले दिन तुम्हें सबसे मोटे अनाज की रोटी के कौर दिए जाएँगे। दूसरे दिन जेल के दरवाजे के सबसे पास स्थित पोखर के ठहरे हुए पानी की तीन बूँदें दी जाएँगी। तीसरे दिन, पहले की तरह फिर रोटी के तीन कौर दिए जाएँगे, और यह रोटी और पानी तुम्हें मरने तक बारी-बारी से दी जाएँगी।"*

——————— : * : ———————

विदेशी गुलामी

विदेशी गुलामी राष्ट्रों की तबाही के सबसे बड़े कारणों में एक है।

—प्रो. ए.ई. रोस

जनतंत्र का प्रभुत्व और विदेशी राष्ट्र एक विदेशी जनता के ऊपर एक जनतंत्र की काररवाइयाँ जितनी निरंकुश और निर्मम होती हैं, उतनी और किसी भी शासन की नहीं होतीं।

—लालाजी**

——————— : * : ———————

* *यह सजा असाधारण अपराध के लिए नहीं, बल्कि सभी तरह के अपराधों के लिए स्त्रियों और पुरुषों, दोनों को समान रूप से दी जाती थी।—भगत सिंह*

** *लाला लाजपत राय (1865-1928) : लाहौर में साइमन कमीशन का विरोध करने पर ब्रिटिश पुलिस ने बर्बर लाठीचार्ज किया, और इसी में लगी सांघातिक चोट के फलस्वरूप बाद में लालाजी की मृत्यु हो गई। उनकी मौत और पंजाब के अपमान का बदला लेने के लिए भगत सिंह और उनके क्रांतिकारी साथियों ने ब्रिटिश पुलिए अफसर सांडर्स की गोली मारकर हत्या कर दी।*

शादी

डॉ. टैगोर का मानना है कि पूरी दुनिया में शादी की व्यवस्थाएँ—सिर्फ भारत में नहीं—प्रारंभिक काल से अब तक स्त्री और पुरुष के वास्तविक मिलन में एक बाधा हैं। यह मिलन तभी संभव है, जब समाज स्त्रियों की विशेष प्रतिभा को रचनात्मक कार्य करने के लिए बड़ा क्षेत्र प्रदान करे, घर में सृजनात्मक काम से उनका ध्यान हटाए बिना।

———————— : * : ————————

नागरिक और मानव

स्पार्टन, पेडेरेट्स काउंसिल ऑफ दि थ्री हंड्रेड में प्रवेश के लिए गए, लेकिन उन्हें खारिज कर दिया गया; वह खुशी मनाते हुए लौटे कि 300 स्पार्टन उनसे बेहतर हैं। मैं मानता हूँ कि वह सही थे, इसमें शक की कोई गुंजाइश नहीं है।

यह था नागरिक।

एक स्पार्टन माँ के पाँच बेटे फौज में थे। एक हेलॉट आया। माँ ने काँपते हुए उससे समाचार पूछा, "तुम्हारे पाँचों पुत्र मारे गए।"

"तुच्छ दास, क्या मैंने तुमसे यह पूछा था?"

"हमने विजय हासिल कर ली है।" वह देवताओं को धन्यवाद देने के लिए दौड़ी-दौड़ी मंदिर चली गई। वह एक सच्ची नागरिक थी।

—एमिली

———————— : * : ————————

जीवन और शिक्षा

लोग सिर्फ बच्चे के जीवन की सुरक्षा की बात सोचते हैं; यह काफी नहीं है। उसे इस तरह शिक्षित किया जाए कि बड़ा होकर वह स्वयं के जीवन

की रक्षा कर सके। संपत्ति तथा गरीबी में धैर्य के साथ जी सके। आइसलैंड में बर्फ के बीच अथवा माल्टा की झुलसा देने वाली चट्टानों पर जरूरत पड़ने पर यों निकल सके। तुम मौत के विरुद्ध बेकार सुरक्षा जुटा रहे हो, उसे मरना ही होगा। और अगर तुम उसे अपनी सावधानियों से न भी मारो, तो फिर वह अपनी गलतियों से मर जाएगा। उसे मौत से बचने की बजाय मरना सिखाओ। जीवन साँस नहीं, बल्कि कर्म है। हमारी इंद्रियों, हमारे दिमाग, हमारी क्षमताओं, हमारे प्रत्येक अंग का उपयोग हमारे अस्तित्व को चैतन्य बनाता है। जीवन का महत्त्व इसमें नहीं है कि यह कितने दिन का है, बल्कि इसमें है कि हमने उसे कितनी जिंदादिली से जिया। किसी व्यक्ति को भले ही सौ साल की उम्र में दफनाया गया हो, लेकिन हो सकता है कि उसने जिंदगी कभी जी ही नहीं हो। वह अगर जवानी में मर जाता तो ज्यादा बेहतर होता।

—एमिली

———————— : * : ————————

सत्य

बहरहाल, सत्य से दौलत नहीं मिलती, और लोग दूतावास या प्रोफेसरशिप या पेंशन भी नहीं देते।

—रौसियो एस.सी., रूसी

———————— : * : ————————

अपराध और अपराधी

"...तैयार मान्यता से कोई अपराध के तथ्यों का आकलन नहीं कर सकता। इसका दर्शन, लोग जितना सोचते हैं, उससे ज्यादा जटिल है। यह स्वीकार किया जाता है कि न तो सजायाफ्ता, न कठोर परिश्रम की किसी व्यवस्था ने कभी किसी अपराधी को सुधारा है। इनसे उसे सिर्फ सजा मिलती है

और समाज आश्वस्त होता है कि वह फिर से अपराध नहीं करेगा। बंदीकरण, नियंत्रण तथा अधिक काम का कोई असर नहीं पड़ता। सिर्फ इन लोगों के मन गहरी नफरत से भर जाते हैं। उनके मन में निषिद्ध काम करने की इच्छा बढ़ जाती है और भयानक अक्खड़पन पैदा होता है। दूसरी ओर, मुझे भरोसा है कि प्रसिद्ध काल–कोठरी के जो परिणाम मिलते हैं, वे झूठे और फरेबी होते हैं। इससे अपराधी की ताकत और ऊर्जा खत्म हो जाती है। उसकी आत्मा कमजोर और भयभीत हो जाती है। अंततः उसकी स्मृति सूख जाती है और वह पश्चात्ताप और सुधार की मिसाल दिखाई देता है।

—दि हाउस ऑफ दि डेड
फेडोर दोस्तोवस्की*

: * :

कामना बनाम संतोष

कोई चेतन प्राणी, जिसकी शक्ति उसकी इच्छाओं के बराबर होगी, वह पूरी तरह प्रसन्न होगा।...सिर्फ हमारी कामनाओं की सीमाएँ पर्याप्त नहीं हैं, क्योंकि अगर वे हमारी शक्ति से कम हुईं, तो हमारी क्षमता का एक भाग बेकार हो जाएगा, और हम जीवन का पूरा आनंद नहीं ले पाएँगे। सिर्फ हमारी शक्ति का विस्तार भी पर्याप्त नहीं है, क्योंकि यदि हमारी कामनाएँ भी बढ़ जाएँ, तो हम और अधिक दयनीय ही बनेंगे। सच्ची प्रसन्नता हमारी कामनाओं तथा शक्तियों के बीच अंतर को कम करने में निहित है।

—एमाइल

"बुर्जुआ क्रांति का जन्म उन परिस्थितियों में हुआ, जो पूर्व शासन के दौरान पहले से मौजूद थीं। आमतौर पर बुर्जुआ क्रांति का अंत सत्ता हासिल

* *फ्योदोर सिखाइलोविच दोस्तोव्स्की (1821–1881) का उपन्यास 'द हाउस ऑफ डेड', जो स्वयं उनके कारावास के अनुभवों के आधार पर 1861 में लिखा गया।*

करने में होता है। सर्वहारा क्रांति के लिए सत्ता की प्राप्ति सिर्फ शुरुआत है। प्राप्त होने के बाद सत्ता का उपयोग पुरानी अर्थव्यवस्था को बदलकर नई अर्थव्यवस्था बनाने के लिए एक साधन के रूप में किया जाता है।"

"अभी दो बहुत बड़े और कठिन काम बाकी हैं—(एक देश, यानी रूस में वर्तमान शासन व्यवस्था को उलट देने के बाद भी)।"

सबसे पहली समस्या आंतरिक संगठन है। दूसरी बड़ी समस्याओं को सुलझाने की जरूरत, विश्वक्रांति को आगे बढ़ाने की जरूरत—(जिसके बिना साम्यवादी व्यवस्था अंतरराष्ट्रीय पूँजीवादी खतरे से पूरी तरह सुरक्षित नहीं हो सकती)।

I. अगर सर्वहारा को ज्यादातर लोगों पर विजय प्राप्त करनी है, तो उसे सबसे पहले बुर्जुआ को उखाड़कर राज्य की सत्ता पर काबिज होना होगा।

II. उसके बाद, उसे पुराने राज्यतंत्र को तोड़कर सोवियत सत्ता स्थापित करनी होगी, और इस तरह एक ही झटके में उस असर को खत्म करना होगा, जो बुर्जुआ और शत्रु-सहयोगी छुटभैया-बुर्जुआ का मजदूर मजदूर वर्गों (यद्यपि गैर-सर्वहारा) पर था।

III. तीसरी बात, सर्वहारा को उस असर को पूरी तरह और अंतिम रूप से खत्म करना होगा, जो बुर्जुआ और छुटभैया-बुर्जुआ से समझौता करनेवाले अधिकतर मजदूर (यद्यपि गैर-सर्वहारा) लोगों पर रखते हैं; उसे यह काम शोषकों की कीमत पर आम लोगों की आर्थिक आवश्यकताओं को क्रांतिकारी रूप से संतुष्ट करके करना होगा।

—निकोलइ लेनिन

: * :

सर्वहारा की तानाशाही का अर्थ है—वे लोग, जो कम्युनिस्ट पार्टी से मार्गदर्शित और निर्देशित हैं। हालाँकि पार्टी का काफी असर या नियंत्रण है, लेकिन यह पूरा नहीं है। इस मार्गदर्शन के अलावा, लोगों में किसी विशेष लक्ष्य को प्राप्त करने की 'इच्छाशक्ति' आवश्यक है।

हमें यह मानना होगा कि मजदूरों के बड़े वर्ग का नेतृत्व और मार्गदर्शन वर्ग चेतना युक्त अल्पसंख्यकों द्वारा होना चाहिए। और यह पार्टी है। पार्टी को सर्वहारा मजदूर से जोड़ने के लिए पार्टी के पास ट्रेड यूनियनें हैं···इसे राजनीति-क्षेत्र में सभी मजदूर वर्गों से जोड़ने के लिए सोवियतें हैं, आर्थिक क्षेत्र में, विशेषकर किसानों के लिए कोऑपरेटिव्स हैं।

इसी तरह नई पीढ़ी के कम्युनिस्टों को प्रशिक्षित करने के लिए 'लीग ऑफ यूथ' हैं। अंततः सर्वहारा की डिक्टेटरशिप में पार्टी स्वयं मार्गदर्शक शक्ति है।

———— : * : ————

आँकड़े

आमदनी में असमानता

उत्पादन

युद्ध से पहले यूनाइटेड किंग्डम (इंग्लैंड) का वार्षिक उत्पादन	: 2000,000,000 पाउंड
विदेशी निवेश से प्राप्त	: 200,000,000 पाउंड
योग	2200,000,000

वितरण

कुल आबादी का 1/9वँ भाग, अर्थात् पूँजीपति अथवा बुर्जुआ ले गए	न्यूनतम औसत आमदनी वार्षिक
उत्पादन का 1/2 भाग, अर्थात् 1100,000,000	160 पाउंड
कुल आबादी का 2/9वाँ भाग, अर्थात् छुटभैया बुर्जुआ शेष आधे का 1/3 भाग अथवा कुल 300,000,000 का 1/6वाँ भाग ले गए	औसत आमदनी एक वर्ष में 160 से कम
अथवा शेष 800,000,000 आबादी का 2/3 भाग अर्थात् मजदूर या सर्वहारा ले गए।	औसत आमदनी 60 पाउंड वार्षिक

———————: * :———————

संयुक्त राज्य अमेरिका : 1890 में कुल उत्पादन का

4% भाग साधनों के स्वामियों को मिलता था। कुल उत्पादन का 60% भाग सभी मजदूरों को मिलता था।

———————: * :———————

जिंदगी का मकसद

"जिंदगी का मकसद अब मन पर काबू करना नहीं, बल्कि इसका समरसतापूर्ण विकास है। मौत के बाद मुक्ति पाना नहीं, बल्कि दुनिया में जो है, उसका सर्वश्रेष्ठ उपयोग करना है। सत्य, सुंदर और शिव की खोज ध्यान से नहीं, बल्कि रोजमर्रा की जिंदगी के वास्तविक अनुभवों से करना भी है। सामाजिक प्रगति सिर्फ कुछ लोगों की नेकी से नहीं, बल्कि अधिक लोगों के नेक बनने से होगी। आध्यात्मिक लोकतंत्र अथवा सार्वभौम भाईचारा तभी संभव है, जब सामाजिक, राजनीतिक और औद्योगिक जीवन में अवसरों की समानता हो।"

———————: * :———————

राज्य का विज्ञान

प्राचीन राज्य व्यवस्था : रोम और स्पार्टा : अरस्तु और प्लेटो

इन प्राचीन राज्य-व्यवस्थाओं में व्यक्ति का शासन के अधीन होना सबसे बड़ी विशेषता थी। रोम के हेलास में नागरिक को बहुत कम व्यक्तिगत अधिकार प्राप्त थे। उसका आचरण व्यापक रूप से सार्वजनिक निगरानी में था, उसका धर्म राज्य प्राधिकार द्वारा थोपा गया था। वास्तविक नागरिक और सोवरिन बॉडी के सदस्य सिर्फ कुलीन लोग थे और उन्हें ही पूरी स्वतंत्रता प्राप्त थी। उनका सभी मेहनत का काम दासों द्वारा किया जाता था, जिनके पास कोई नागरिक अधिकार नहीं थे।

———————— : * : ————————

सुकरात

सुकरात को यह दलील देते हुए प्रस्तुत किया जाता है कि कोई भी नागरिक राज्य में पहुँचने के बाद यदि स्वेच्छा से एक नगर में रहने लगे तो उसे सरकार की अधीनता स्वीकार करनी चाहिए, भले ही उसे इसके कानून अनुचित क्यों न लगें। तदनुसार ही इस आधार पर कि यदि वह जेल से फरार होकर भाग जाए तो राज्य के साथ उसका करार भंग हो जाएगा। वह एक अनुचित सजा के लागू होने का भी इंतजार करते रहने के लिए तैयार रहे।

प्लेटो

(सामाजिक संविदा)

वह समाज और राज्य की उत्पत्ति पारस्परिक आवश्यकता से बताता है, क्योंकि मनुष्य अकेला रहकर अपनी विभिन्न आवश्यकताओं को पूरा नहीं कर सकता। वह एक तरह के आदर्श स्पार्टा की व्याख्या करते हुए कहता है—"एक आदर्श राज्य में दार्शनिकों को शासन करना चाहिए और इन सर्वश्रेष्ठ लोगों के अभिजात वर्ग अथवा सरकार की आज्ञा का नागरिकों द्वारा पूरी तरह पालन किया जाना चाहिए।" वह नागरिकों के सजग प्रशिक्षण और शिक्षा पर जोर देता है।

अरस्तु

वह पहला व्यक्ति था, जिसने राजनीति को नीतिशास्त्र से मुक्त किया, हालाँकि वह सतर्क भी था कि दोनों एक–दूसरे से बिल्कुल पृथक् न हो जाएँ। उसकी दलील थी, लोगों की बहुसंख्या विवेक के बजाय अपनी भावनाओं में शामिल होती है। इसलिए राज्य के लिए जरूरी है कि वह उन्हें जीवन पर्याप्त अनुशासन में रहने का प्रशिक्षण दे, जैसा कि स्पार्टा में है। जब तक राजनीतिक समाज स्थापित नहीं होता, तब तक न्याय का कोई प्रशासन नहीं हो सकता…लेकिन इसके लिए आवश्यक है कि सर्वोत्तम संविधान और विधि निर्माण की सर्वोत्तम प्रणाली की खोज की जाए।

"राज्य का बीज परिवार या कुटुंब में होता है। कई कुटुंबों के संयुक्त होने से ग्राम समुदाय की उत्पत्ति हुई है, (जिसके) सदस्य पितृसत्तात्मक सरकार के अधीन होते हैं।"

कई गाँवों को मिलाकर राज्य का निर्माण हुआ, जो एक प्राकृतिक स्वतंत्र और आत्मनिर्भर संगठन था। "लेकिन जहाँ कुटुंब एक व्यक्तित्व द्वारा शासिल होता है, वही संवैधानिक सरकारों में व्यक्ति स्वतंत्र और अपने शासकों के समान होते हैं।"

"प्राकृतिक, सामाजिकता और परस्पर लाभ से भी एकता संभव होती है। मनुष्य अपने स्वभाव से एक राजनीतिक (सामाजिक) प्राणी है।"

"राज्य एक संश्रय से कहीं अधिक है; जिससे व्यक्ति जुड़ सकते हैं या बिना कोई फर्क पड़े छोड़ सकते हैं, लेकिन स्वतंत्र या नागरिकता रहित मनुष्य अविश्वसनीय, असभ्य, और एक नागरिक से भिन्न कोई चीज होती है।"

प्लेटो

प्लेटो ने राज्य की अवधारणा एक ऐसी संस्था के रूप में की, जिसके सदस्य किसी एक सामान्य उद्‌देश्य के लिए समरसता के साथ संयुक्त होते हैं।

अरस्तु

अरस्तु का मानना है कि जहाँ स्वतंत्रता और समानता होती हैं, वहाँ वैकल्पिक शासन तथा अधीनता होनी चाहिए, लेकिन इसके श्रेष्ठतम रूप में, यदि संभव हो तो, वे ही लोग हमेशा शासन करें।

प्लेटो के साम्यवाद के विरोध में उसकी दलील बाकायदा नियम निर्धारित निजी संपत्ति के पक्ष में थी, जिसके पीछे उसका विचार यह था कि राज्य में सिर्फ एक नैतिक एकता ही संभव या वांछनीय है।

सरकारों के प्रकार

उसने सरकारों को राजतंत्र, कुलीनतंत्र तथा गणराज्यों में बाँटा था। उनकी विकृतियाँ, अत्याचार, कुलीनतंत्र और लोकतंत्र, तदनुसार उनकी सारी शक्तियाँ किसी एक व्यक्ति अथवा कुछ अथवा बहुत से लोगों के हाथ में होती हैं। इनका अंतिम उद्देश्य जनकल्याण अथवा शासकों के खुद के हित होते हैं। स्वतंत्रता, संपत्ति, संस्कृति तथा कुलीनता का भी सम्मान किया जाता है। हर शासन व्यवस्था के तीन भाग होते हैं—(1) विचारक, (2) कार्यपालिका और (3) न्यायिक संस्थाएँ। नागरिकता का निर्धारण न निवास से होता है, न कानूनी अधिकारों की प्राप्ति से, बल्कि यह न्यायिक शक्ति तथा सार्वजनिक पद में भागीदारी से होता है।

अनेक लोगों को, जिन्होंने एक सीमा तक नैतिकता का स्तर प्राप्त कर लिया हो, शासन करना चाहिए। वे व्यक्तिगत रूप से कमतर हो सकते हैं, लेकिन सामूहिक रूप से कुछ चुनिंदा लोगों की तुलना में अधिक समझदार और गुणवान होते हैं। लेकिन सभी विचारण और न्यायिक कार्य करते हुए उन्हें सर्वोच्च कार्यपालिक पदों से अलग रहना चाहिए।

सर्वश्रेष्ठ शासन व्यवस्था वह है, जिसमें बहुत अमीर और बहुत गरीब के बीच का मध्य वर्ग शासन पर नियंत्रण करता है, क्योंकि इस वर्ग का जीवन सर्वाधिक स्थायित्व वाला और सर्वाधिक तर्कसंगत होता है। इस वर्ग के लोग संवैधानिक कार्य करने के लिए सर्वाधिक सक्षम होते हैं। यह एक तरह से इस

बात को सिद्ध करता है कि प्रभुसत्ता नागरिकों की बहुसंख्या में होनी चाहिए। दासों की लाजमी रूप से अनदेखी होती है। लोकतांत्रिक व्यवस्थाएँ व्यक्तिगत स्वतंत्रता में समानता पर आधारित होने के लिए सहमत हैं, जिसका अर्थ है कि सभी नागरिकों को राज्य के पदों पर रहने, अथवा उनके पदाधिकारियों का चुनाव करने की पात्रता है। प्रत्येक का सब पर और सबका प्रत्येक पर शासन होता है। प्लेटो की तरह अरस्तु लोकतंत्र को शासन का हीन स्वरूप मानता था और कहता था कि यह किन्हीं अन्य की तुलना में बड़े राज्यों के लिए अधिक उपयुक्त है।

स्टॉइक्स
सिनिक्स

एपीक्यूरियंस

एपीक्यूरस ने कहा कि "न्याय अपने आप में कुछ नहीं, सिर्फ परस्पर हानि को रोकने का एक अनिवार्य समझौता (न्याय का आधार) है।"

स्टॉइक (वाद)

दार्शनिक झेनो (340–360 बी.सी.) का शिष्य, जिसने यूनान के एक कॉलोनाड में 'स्टोका पोइकाइट' (पेंटेड पोर्च) नाम का स्कूल खोला था। बाद में जो रोमन स्टॉइक्स हुए, उनमें 'केटो दि यंगर', सेनेका शामिल हैं। मार्क्स ऑरेलियसा। 'स्टॉइक' शब्द का अर्थ है, "जो प्रसन्नता और दुःख से उदासीन हो।"

स्टॉइसिज्म एक ऐसा प्राचीन दर्शन है, जो जीवन तथा कर्तव्य के संबंध में एपीक्यूरियनिज्म से बहुत विपरीत है।

कसनिसिज्म

यह एंटीस्थेनेस ऑफ एथेंस (जन्म लगभग 444 बी.सी.) द्वारा स्थापित दार्शनिकों का एक संप्रदाय है, जो संपन्नता, कलाओं, विज्ञान तथा आमोद–

प्रमोद से खुलकर नफरत करता है। इन्हें उनके रूखे आचरण के कारण 'सिनिक्स' कहते हैं। सिनिसिज्म ऐसी चीज है, जो मानव स्वभाव के प्रति हिकारत से भरी है।

एपीक्यूरियंस

एपीक्यूरियंस (341-270 बी.सी.) एक यूनानी दार्शनिक था, जिसने शिक्षा दी कि आनंद ही सबसे अच्छी चीज है। 'एपीक्यूरियन' शब्द का उपयोग ऐसे व्यक्ति के लिए किया जाता है, जो खाने-पीने अथवा ऐंद्रिक सुखों में पूरी तरह डूबा हो।

रोमन शासन व्यवस्था

रोमनों के राजनीति सिद्धांत में प्रत्यक्ष महत्त्व की बहुत कम बातें जोड़ी गईं, लेकिन नजदीकी रूप से संबंधित विभाग, अर्थात् 'न्यायशास्त्र' में उन्होंने बहुत गहरा तथा मूल्यवान योगदान किया।

जस्ट-सिविक जस्ट-जेंटियम

रिपब्लिक के अंतर्गत 'सिविल लॉ' के साथ ही नियमों और सिद्धांतों का एक संग्रह विकसित हो गया, जिसे 'जस जेंटियम' (लॉ ऑफ नेशंस) कहा गया। यह इटेलियन प्रजातियों में प्रचलित सामान्य विशेषताओं का प्रतिनिधित्व करता है।

जस नेचुरले

महान् रोमन ज्यूरिस-कंसल्ट (विधि विज्ञान में विशेषज्ञ) [स्टॉइक्स से विचार ग्रहण करनेवाला] धीरे-धीरे लॉ ऑफ नेचर (जस नेचुरले) तथा जस जेंटियम ही माना जाने लगा।

उन्होंने कहा कि यह कानून ईश्वरीय और शाश्वत है, और यह प्रभुत्व और वैधता में विशिष्ट राज्यों के कानूनों की तुलना में श्रेष्ठ है। यह माना गया

कि नेचुरल लॉ वास्तविक रूप से लागू है और सिविल लॉ से आबद्ध है।

एंटोनियम युग में, जब रोमन लॉ का काफी विकास हो गया और स्टॉइक सिद्धांत बहुत प्रभावशाली थे, तब न्यायविदों ने न्यायिक, परंतु राजनीति सिद्धांत नहीं बनाए। सिद्धांत यह था कि "सभी मनुष्य स्वतंत्र पैदा होते हैं" और यह कि लॉ ऑफ नेचर के द्वारा "सभी मनुष्य बराबर हैं।"

इसका निहितार्थ यह हुआ कि हालाँकि सिविल लॉ वर्गभेद को मान्य करता है, लेकिन लॉ ऑफ नेचर के समक्ष पूरी मानव जाति समान है।

रोमन शासन व्यवस्था में सामाजिक संविदा

यद्यपि रोमन विधिवेत्ताओं ने नागरिक समाज की उत्पत्ति के तौर पर किसी समझौते को स्वीकार नहीं किया था, फिर भी स्वीकृत अधिकारों और दायित्वों को एक कल्पित, लेकिन गैर-मौजूद समझौते से निगमित करने का एक रुझान मौजूद था।

संप्रभुत्ता के संबंध में, कॉमिशिया ट्रिबुटा में एकत्र नागरिकों ने रिपब्लिक के स्वर्णिम दिनों में सर्वोच्च शक्ति का प्रयोग किया। एंपायर के अंतर्गत संप्रभु अधिकार सम्राट् में निहित था और बाद में ज्यूरिस कंसल्ट्स के अनुसार, लोगों ने लेक्स रेगिया के द्वारा उसके शासन के प्रारंभ के समय प्रत्येक सम्राट् को सर्वोच्च सत्ता सौंप दी। इस प्रकार उसे शासन करने और कानून बनाने के सभी अधिकार मिल गए।

मध्य युग

थॉमस एक्वीनस

थॉमस एक्वीनस (1226-1274) को मध्य युग की पॉलिटिकल थ्योरी का सबसे प्रमुख प्रतिनिधि माना जाता है। रोमन न्यायविदों का समर्थन करते हुए वह एक नेचुरल लॉ को मान्यता देता है, जिसके सिद्धांत मानवीय तक में दिव्यता से समाविष्ट हैं। वह इसके साथ ही सकारात्मक नियमों को भी मान्य करता है, जो हर राज्य के अलग-अलग होते हैं।

उसका मानना है कि विधायी शक्तियाँ, जो संप्रभुता की अत्यावश्यक अंग हैं, आमजन की भलाई के लिए होनी चाहिए और इस उद्देश्य की पूर्ति के लिए ये जनसाधारण अथवा उनके प्रतिनिधि, प्रिंस के पास होनी चाहिए। सम्राट्, कुलीनों तथा लोगों की मिश्रित सरकार, जिसमें पोप अंतिम प्राधिकार हो, सर्वश्रेष्ठ प्रतीत होती है।

संविदा का विचार*

अपनी पुस्तक 'डिफेंसर पेकिस' में मार्सिलियो ऑफ पडुआ ने लोकप्रिय संप्रभुत्ता का पक्ष लिया और लौकिक शक्ति पर पोप के अधिकार के आडंबर का विरोध किया, जो फाल्स डिक्रेटल्स पर आधारित रहे थे।

मार्सिलियो ऑफ पडुआ लोगों की प्रभुसत्ता

चूँकि मनुष्यों ने परस्पर लाभ के लिए नागरिक जीवन को अपनाया, अतः इसके कानून भी लोगों की संस्था द्वारा बनाए जाने चाहिए। कानून संभावित रूप से श्रेष्ठतम तभी हो सकते हैं, और उनका तत्परता से पालन तभी हो सकता है, जब उन्हें वे लोग बनाएँ, जिनके हित सीधे प्रभावित होते हैं और जिन्हें पता हो कि उन्हें क्या चाहिए। उसने दृढ़ता से कहा कि विधायिका जनता की है, और यह कि विधायिका द्वारा कार्यपालिका का गठन किया जाए, जिसे यह बदल सके अथवा हटा सके।

रेनिसा—रिफॉर्मेशन

रेनिसा में ज्ञान के सभी विभागों को सशक्त किया गया और सीमित दर्शन, जिसने एक हजार वर्ष तक धर्म-शास्त्र का चाकर बनकर काम किया, की जगह तेजी से एक नए दर्शन नैचर ऐंड मैन द्वारा ली जा रही है, जो अधिक उदार, अधिक गहरा और अधिक समग्र है। बेकन मनुष्य को अतींद्रिय से निकालकर प्रकृति और वास्तविकता की ओर ले गया। दर्शन की शुरुआत सार्वभौम संशयवाद के साथ होनी चाहिए, लेकिन एक तथ्य शीघ्र ही असंदिग्ध बन जाता है—मनुष्य में विचार के सिद्धांत का अस्तित्व।

** मर्सिलियो की मृत्यु 1328 में हुई—भगत सिंह*

चेतना का अस्तित्व : कार्टेशियन दर्शन (कार्तवादी दर्शन)

सुधारकाल में आत्मगत सच्चाई पर विश्वास और व्यक्ति की सत्ता का जिस जोर-शोर के साथ आह्वान किया गया, वही कार्तवादी दर्शन का आधार बना। कार्तवादी-फ्रांसीसी दार्शनिक रेने द कार्त (1596-1650) और उसके दर्शन से संबंधित है।

नया युग

रिफॉर्मेशन के बाद पोप का अख्तियार कमजोर होने के बाद शासकों तथा जनता, दोनों के मन में स्वतंत्रता की लहर दौड़ गई, लेकिन भ्रम की स्थिति थी। नई स्थिति से निपटने के लिए अनेक महान् विचारकों ने राज्य के प्रश्न पर विचार किया। अनेक विचारधाराएँ उठ खड़ी हुईं।

मैकियावेली

प्रसिद्ध इटेलियन विचारक मैकियावेली ने सरकार के गणतांत्रिक स्वरूप को सर्वश्रेष्ठ माना, लेकिन इस प्रकार की सरकार के स्थायित्व पर संदेह करते हुए उसने सशक्त राजा के शासन के सिद्धांत को प्रतिपादित किया। उसने 'दि प्रिंस' नामक पुस्तक लिखी। उसके द्वारा केंद्रीकृत सरकार का पक्ष लिया गया, जिसका यूरोप में राजनीति सिद्धांत और व्यवहार पर गहरा प्रभाव हुआ।

मैकियावेली शायद पहला ऐसा लेखक था, जिसने 'राजनीति' को विशुद्ध रूप से सेक्युलर दृष्टि से देखा।

अन्य विचारक

(समझौता और संविदा)

अन्य विचारक करार और समझौता—अन्य विचारकों में से ज्यादातर ने करार या समझौते के सिद्धांत का समर्थन किया। रोमन कानून में (करार) व्यक्तियों के बीच एक सहमति का नतीजा हुआ करता था और इसका दायरा समझौते से छोटा हुआ करता था, जबकि समझौता करार के साथ-साथ एक बाध्यकारी दायित्व भी होता था।

इन विचारकों के दो प्रमुख संप्रदाय थे। पहला संप्रदाय ईश्वर और मनुष्य के बीच समझौते के हिब्रू (यहूदी) विचार पर आधारित सिद्धांत का प्रतिपादन करता है। संविदा का रोमन विचार इसका पूरक था। यह सरकार और लोगों के बीच मौन संविदा को स्वीकार करता है।

दूसरा अथवा आधुनिक संप्रदाय व्यक्तियों के बीच संविदा के माध्यम से पॉलिटिकल सोसाइटी की स्थापना से संबंधित है। इस विचारधारा के प्रमुख विचारकों में हूकर, हॉब्स, लॉक और रूसो शामिल हैं।

लोगों की स्वतंत्रता के हिमायती

ह्यूगुनॉट

(1) **दि विंडिसिया कॉण्ट्रा टीव्रान्नोस** (1576) को ह्यूगुनॉट द्वारा लिखा हुआ माना जाता है, जिसमें कहा गया है कि राजा अपनी शक्ति लोगों की इच्छा से प्राप्त करता है, और यदि कोई राजा कानून का पालन करने के समझौते को तोड़ दे, जिसका कुलीन तथा लोग संयुक्त रूप से पालन करने की शपथ लेते हैं, तो ऐसी स्थिति में लोगों को इसमें निष्ठा रखने की अनिवार्यता से मुक्ति मिल जाती है।

बुचानन

(2) बुचानन का भी मानना है कि राजा और लोग एक समझौते से बँधे हैं, और राजा द्वारा इसका उल्लंघन किए जाने पर उसके अधिकार छिन जाते हैं।

जीस्युइट्स

(3) यहाँ तक कि जीस्युइट्स बेलरमाइन और मरियाना ने दलील दी कि राजा अपना अधिकार लोगों से प्राप्त करता है, लेकिन वे लोग प्रजा पोप की ही होते हैं।

किंग जेम्स प्रथम (1609)

जेम्स प्रथम ने अपने इस सिद्धांत को 1609 में पार्लियामेंट में दिए

गए भाषण में यह कहते हुए स्वीकार किया कि "किसी स्थापित राज्य में प्रत्येक न्यायप्रिय राजा उसके कानूनों के माध्यम से लोगों के साथ किए गए समझौते का पालन करने के लिए बाह्य है। उसे अपनी सरकार इसी के अनुसार चलानी चाहिए।"

कन्वेंशन पार्लियामेंट (1688)

कन्वेंशन पार्लियामेंट ने 1688 में घोषणा की कि जेम्स द्वितीय ने राजा और जनता के बीच मूल समझौते को तोड़कर संविधान का उल्लंघन करने का प्रयास किया। इसीलिए उसने सिंहासन को खाली छोड़ दिया।

बोडिन (1586)

आधुनिक युग के प्रथम समग्र राजनीति विचारक बोडिन ने 'दार्शनिक और रिपब्लिक' (1577 और 1586) की रचना की। वह कहता है कि "कॉमनवेल्थ की उत्पत्ति संविदा से नहीं, शक्ति से हुई है।"

आदिम पेट्रिआर्क सरकारों को पराजित कर उलट दिया गया और इस प्रकार नैसर्गिक स्वतंत्रता खो गई। उसकी राय में, "सोवरिन नागरिकों पर परम सत्ता है।" वह सोवरिन को स्वतंत्र, अविभाजनीय, चिरस्थायी, अभिन्न और परम सत्ता मानता था। वह सोवरिन के विचार को भ्रमवश उस समय प्रचलित किंगशिप समझ बैठा।

अल्थूसियस (1557-1638)

उसने यह उल्लेखनीय बात स्पष्ट रूप से कही कि प्रभुसत्ता केवल लोगों में निहित है, और राजा सिर्फ उनके न्यायाधीश अथवा प्रशासक होते हैं। समुदाय के संप्रभु अधिकार उनसे अलग नहीं किए जा सकते।

ग्रोटियस (1625)

ग्रोटियस ने अपनी पुस्तक 'डी ज्यूर बेल्ली एट पेरिस' (1628) में कहा कि मनुष्य में एक शांतिपूर्ण और व्यवस्थित समाज की तीव्र लालसा होती है। लेकिन वह अ-प्रतिरोध के सिद्धांत को पोषित करता है और इस बात से इनकार

करता है कि लोग हमेशा और हर जगह संप्रभु होते हैं, अथवा सभी सरकारें शासितों के लिए स्थापित होती हैं। संप्रभुत्ता या तो विजय से आती है या सहमति से; परंतु वह इस विचार पर जोर देता है कि संप्रभुत्ता अविभाजनीय शक्ति है।

हूकर

उसने अपनी पुस्तक 'एक्लेस्टिकल पॉलिटी' (1529–30) में एक ऐसी मौलिक प्राकृतिक स्थिति की बात कही, जिसमें सभी मनुष्य समान होते हैं और किसी कानून के अधीन नहीं होते। मनुष्यों की गरिमा के अनुरूप जीवन की कामना और अकेले रहने की अरुचि ने उन्हें 'राजनीति समाजों' में एकजुट कर दिया। 'स्वाभाविक रुझान' और व्यवस्था अथवा गुप्त रूप से उनकी साथ रहने की सहमति ही वर्तमान 'राजनीति समाजों' की दो बुनियादें हैं। साथ में रहने के तरीके को ही हम 'दि लॉ ऑफ ए कॉमनवेल्थ' कहते हैं।

राज्य की उत्पत्ति

संप्रभुत्ता: विधायनी शक्ति कार्यपालिका पर भी नियंत्रण करती है।

"सभी परस्पर शिकायतों, तिरस्कार और अन्यायों को दूर करने का एक ही उपाय है कि किसी सरकार अथवा कॉमन जज की व्यवस्था की जाए।" उसने अरस्तु की इस बात से सहमति जताई कि सरकार की उत्पत्ति किंगशिप में है। लेकिन वह कहता है कि "कानून सिर्फ अच्छी बातें नहीं सिखाते, बल्कि शासितों की सहमति से प्राप्त शक्ति को भी नियंत्रित करते हैं, जो व्यक्तिगत रूप से अथवा प्रतिनिधियों के माध्यम से व्यक्त होती है। सभी प्रकार के मानवीय कानून (अर्थात् वैध) सहमति से उपलब्ध हैं। वे कानून नहीं हैं, जो लोगों की सहमति से नहीं बने हैं।"

लोगों की संप्रभुत्ता

इस प्रकार, उसने स्पष्ट रूप से प्रतिपादित किया कि संप्रभुत्ता अथवा विधायी शक्ति अंततः लोगों में निहित है।

1620

मेफ्लॉवर के बोर्ड पर 'पिलग्रिम फादर्स' की प्रसिद्ध घोषणा (1620) : हम ईश्वर की उपस्थिति में पूरी निष्ठा से परस्पर सहमति के साथ एकजुट होकर सिविल बॉडी पॉलिटिक के अधीन रहने की घोषणा करते हैं।

1647

एग्री ऑफ दि पीपुल ऑफ इंग्लैंड : (एक अन्य प्यूरिटन दस्तावेज, जो आर्मी ऑफ पार्लियामेंट से निकला) (1647)। इसमें भी मन की यही प्रवृत्ति इंगित होती है।

मिल्टन

1649 (लोगों की संप्रभुत्ता)

पिलग्रिम पादर्स इंग्लैंड के चर्च के प्यूरिटन विद्रोहियों का एक जत्था, जो परेशान किए जाने से बचने तथा उत्तरी अमेरिका में जा बसने के लिए मेफ्लावर नामक जहाज से भाग निकला।

जॉन मिल्टन (1608-1674) : अंग्रेज कवि, 'पैराडाइज लॉस्ट' और 'पैराडाइज रिगेंड' के रचयिता

अपनी पुस्तक 'टेन्योर ऑफ किंग्स ऐंड मजिस्ट्रेट्स' (1649) में वह भी इसी प्रकार के सिद्धांतों का प्रतिपादन करता है। वह दृढ़ता से कहता है कि "सभी मनुष्य स्वाभाविक रूप से स्वतंत्र जन्म लेते हैं। वे परस्पर तकलीफ के कारण एक-दूसरे से जुड़ जाते हैं और इस अनुबंध के उल्लंघन अथवा विरोध का एकजुट होकर मुकाबला करते हैं। इसीलिए कस्बों, नगरों तथा कॉमनवेल्थों का जन्म हुआ!" आत्मरक्षा तथा सुरक्षा का यही अधिकार और शक्ति मूल रूप और स्वाभाविक रूप से उनमें से प्रत्येक में होती है। उन्होंने इन्हें राजाओं तथा मजिस्ट्रेटों को डिप्टी और कमिश्नर के रूप में सौंप दिया।

राजाओं तथा मजिस्ट्रेटों की शक्ति प्राप्त की हुई, स्थानांतरित और लोगों द्वारा सर्वजन हित के लिए विश्वासपूर्वक सौंपे गए अधिकार के सिवा कुछ भी नहीं है, जो अभी भी बुनियादी तौर पर उसी में (यानी जनता में-सं.) निहित होती है। यह सत्ता मूलरूप से अब भी उन्हीं में है और स्वाभाविक जन्मसिद्ध अधिकार का उल्लंघन किए बिना इसे उनसे छीना नहीं जा सकता। इस प्रकार, राष्ट्र अपनी स्वतंत्रता के अधिकार का उपयोग करके राजा का चयन कर सकते हैं और उन्हें पद से हटा सकते हैं, जिससे स्वतंत्रता के आधार पर कि वे किन में शासित होना सर्वोत्तम समझते हैं।

राजा के दैवीय अधिकारों का सिद्धांत

इसी युग में जब अनेक महान् विचारक 'लोगों की संप्रभुत्ता' के इन सिद्धांतों का प्रतिपादन कर रहे थे, तब अन्य सिद्धांत भी प्रचलित थे, जिनसे यह सिद्ध करने की कोशिश की गई कि राज्य(यों) एक बड़ा परिवार है, परिवार के मुखिया का पितृसत्तात्मक अधिकार आदि पूर्वज द्वारा प्रथम सोवरिन के प्रतिनिधि को वंशानुगत रूप से हस्तांतरित किया गया, जिसे किसी राज्य पर शासन करने के योग्य पाया गया। इस प्रकार राजतंत्र को अचूक अधिकार पर आधारित माना गया और राजा को सिर्फ ईश्वर के प्रति उत्तरदायी माना गया। इसे 'राजाओं के ईश्वरीय अधिकार' कहा जाता है। इसे 'पितृसत्तात्मक सिद्धांत' के रूप में जाना जाता है।

थॉमस हॉब्स

उसने 1642-1650-1651 के दौरान लिखी गई अनेक पुस्तकों में संप्रभुत्ता के असीमित अधिकार के सिद्धांत को लोगों के एक मूल समझौते के विपरीत सिद्धांत के साथ संयोजित किया। हॉब्स की निरपेक्ष अप्रतिरोधक आज्ञाकारिता की पैरवी धार्मिक से ज्यादा सेक्युलर और तर्कवादी थी। उसने समुदाय (संपूर्ण रूप में) की प्रसन्नता को सरकार का महान् उद्देश्य माना।

मनुष्य : एक असामाजिक प्राणी : चिरस्थायी खतरा उन्हें राज्य का निर्माण करने को मजबूर करता है।

हॉब्स का दर्शन सिनिकल है। उसके अनुसार, "मनुष्य के आवेग स्वाभाविक रूप से उसकी सुरक्षा और सुख की ओर प्रवृत्त होते हैं। वह अपनी संतुष्टि के अलावा कोई और लक्ष्य तय नहीं कर सकता। लिहाजा, मनुष्य स्वभाव से ही असामाजिक है।" वह कहता है कि प्राकृतिक अवस्था में प्रत्येक मनुष्य अपने साथियों के साथ युद्धरत हैं, और प्रत्येक व्यक्ति का जीवन खतरे में, अकेला, कमजोर, असुरक्षित, पशुवत् और छोटा है। इस तरह के जीवन के भय से ही वे राजनीति यूनियन बनाते हैं। चूँकि सिर्फ संविदा से काम नहीं चलेगा, अतः सुप्रीम कॉमन पॉवर—ईश्वर की सत्ता को स्थापित किया गया।

'विजय' अथवा 'अधिग्रहण' और 'गठन' ही सभी राज्यों का आधार है।

समाज 'अधिग्रहण' अर्थात् विजय अथवा 'गठन' अर्थात् परस्पर अनुबंध अथवा समझौते पर आधारित है। गठन के मामले में, एक बार प्रभुसत्ता स्थापित हो जाने पर सभी को उसकी आज्ञा माननी पड़ती है। बगावत करनेवाला तबाह हो जाता है। उसे नष्ट कर दिया जाना चाहिए।

सोवरिन का असीमित अधिकार

वह विधायिका, न्यायिक और कार्यपालिक, सभी अधिकार सोवरिन को प्रदान करता है। 'प्रभावी होने के लिए', वह लिखता है कि "सोवरिन (संप्रभु) शक्ति असीमित होनी चाहिए। उसे वापस न लिया जा सके और विभाजित न किया जा सके। बेशक, असीमित शक्ति के कारण अनिष्ट हो सकता है, लेकिन इनसे जो सबसे बुरा हो सकता है, वह गृहयुद्ध अथवा अराजकता के समान बुरा नहीं होगा।"

उसकी राय में राजतंत्र, कुलीनतंत्र अथवा लोकतंत्र शक्ति में एक-दूसरे से भिन्न नहीं होते। व्यापक शांति और सुरक्षा संबंधी उनकी उपलब्धि जनता

अथवा उनके अधीन लोगों की आज्ञाकारिता पर निर्भर होती है। बहरहाल, वह राजतंत्र को तरजीह देता है। उसकी राय में 'सीमित राजतंत्र' सर्वश्रेष्ठ है, लेकिन उसका बल इस बात पर है कि सोवरिन को धर्म तथा नागरिकों से संबंधित मामलों पर नियंत्रण रखना चाहिए और यह तय करना चाहिए कि कौन से सिद्धांत शांति के लिए अनुकूल हैं।

इस प्रकार सोवरिन के वैध सिद्धांत के प्रति उसके विचार स्पष्ट हैं, वहीं वह राजा अथवा सोवरिन के निर्माण के लिए एक सामाजिक संविदा की कल्पना (मिथ्या) कहानी को भी मान्य करता है।

स्पिनोजा (1677)*

मनुष्य की असामाजिकता (अपनी पुस्तक टेक्टेटस पॉलिटिक्स, 1677) में वह मानता है कि मूल रूप से मनुष्य को सभी चीजों पर समान अधिकार है। लिहाजा, प्रकृति की स्थिति युद्ध की स्थिति है। मनुष्य अपने विवेक से प्रेरित होकर सिविल सरकार बनाने के लिए अपनी शक्तियों को स्वतंत्र रूप से संयुक्त करता है। चूँकि मनुष्य के पास निरपेक्ष शक्ति होती है, अतः इस प्रकार स्थापित सोवरिन के पास निरपेक्ष शक्तियाँ होती हैं। उसकी राय में, 'अधिकार' और 'शक्ति' एक ही है।

अतः 'शक्ति' से संपन्न सोवरिन के पास सभी 'अधिकार' अपने आप आ जाते हैं। इस प्रकार वह निरंकुशता का पक्ष लेता है।

पफेंडर**

(लॉ ऑफ नेचर ऐंड नेशंस, 1672) : उसकी राय में मनुष्य एक सामाजिक प्राणी है, जिसका परिवार और शांतिपूर्ण जीवन के प्रति स्वाभाविक रुझान होता है।

---

* *स्पिनोजा (1632–1677) दकार्त से प्रभावित डच दार्शनिक। उसने अपनी पुस्तक एथिक्स 1677 में यह विचार प्रकट किया कि मानव-जीवन (या प्रकृति) से ओत-प्रोत है।*

** *पुफेंडोर या सैमुअल बैरन फान पुफेंडोर (1632–1684) जर्मन विधिवेत्ता और इतिहासकार। उसका विचार था कि राज्य के कानून प्राकृतिक कानून में ही शामिल है।*

एक मनुष्य द्वारा दूसरे मनुष्य को दिए जानेवाले कष्ट के अनुभव से सिविल सरकार प्रेरित होती है, जिसका गठन किया जाता है—(1) एक कॉमन वेल्थ के गठन के लिए अनेक लोगों द्वारा परस्पर सर्वसम्मति से, (2) बहुसंख्यकों द्वारा इस संकल्प से कि कतिपय शासक को प्राधिकार में रखा जाएगा, (3) सरकार और प्रजा के बीच एक अनुबंध द्वारा कि सरकार शासन करेगी और प्रजा सभी विधिसम्मत आदेशों का पालन करेगी।

लॉक

(सिविल गवर्नमेंट की दो संधियाँ, 1690)

"किसी भी व्यक्ति को शासन करने का प्राकृतिक अधिकार नहीं है।"

वह प्रकृति की अवस्था की व्याख्या करते हुए कहता है कि कार्यक्षेत्र और राज्य के संबंध में स्वतंत्रता और समानता की स्थिति, सिर्फ प्राकृतिक नियम अथवा तर्क तक सीमित है, जो जीवन, स्वास्थ्य, स्वतंत्रता तथा आधिपत्य में एक-दूसरे को नुकसान पहुँचाने से रोकता है। संयम अथवा क्षतिपूर्ति के जरिए दंड प्रत्येक व्यक्ति के हाथ में है।

प्रकृति की अवस्था

"विवेक के अनुसार इस प्रकार पृथ्वी पर साथ रहना कि जिसमें कोई श्रेष्ठ न माना जाता हो, जिसे लोगों के बीच भेदभाव करने का अधिकार न हो। यही प्राकृतिक अवस्था है।"

निजी संपत्ति

"प्रत्येक व्यक्ति को अपनी व्यक्तिगत संपत्ति रखने तथा प्राकृतिक संसाधनों का उपयोग कर उसने जो कुछ अपने परिश्रम से प्राप्त किया है, उस पर उसका प्राकृतिक अधिकार है। मनुष्य जितनी जमीन जोतता है, उपज प्राप्त करता है, उसमें सुधार करता है, खेती करता है, उसे उस उत्पाद के उपयोग का अधिकार है और इतनी ही उसकी संपत्ति है।

संपत्ति और नागरिक समाज

उसके अनुसार 'संपत्ति' नागरिक समाज का पिछला रूप है।

नागरिक समाज की उत्पत्ति

लेकिन ऐसा लगता है कि मनुष्य किन्हीं खतरों और भयों में थे, इसीलिए उन्होंने नागरिक स्वतंत्रता के पक्ष में अपनी प्राकृतिक स्वतंत्रता को त्याग दिया। संक्षेप में, मनुष्य को आवश्यकता, सुविधा तथा रुझान ने 'समाज में प्रवेश' के लिए प्रेरित किया।

नागरिक समाज की परिभाषा

नागरिक समाज में जो लोग किसी एक संस्था के रूप में संगठित होते हैं, जिनका एक साझा स्थापित कानून होता है और जिसमें अपील की व्यवस्था होती है। उसे उनके बीच विवादों पर निर्णय लेने तथा अपराधियों को दंड देने का अधिकार होता है।

सहमति

सरकार की उत्पत्ति विजय से नहीं, सहमति से हुई, और किसी विधिसम्मत सरकार की उत्पत्ति का एकमात्र आधार यही हो सकता है। विधायिका, लोगों के जीवन, उनकी स्वतंत्रताओं तथा संपत्ति की निरपेक्ष रूप से निरंकुश नहीं हो सकती; क्योंकि उसके पास सिर्फ संयुक्त शक्ति होती है, जो समाज की रचना से पहले अलग-अलग सदस्यों के पास थी, और विशिष्ट तथा सीमित उद्‌देश्यों के लिए वे उसके अधीन थे।

कानून

"कानून का उद्‌देश्य स्वतंत्रता को समाप्त करना अथवा सीमित करना नहीं, बल्कि उसकी रक्षा करना और उसे बढ़ाना है।"

विधायिका

विधायिका कुछ निश्चित उद्‌देश्यों के लिए सिर्फ न्यायधारी सत्ता है, जो यदि इसमें न्यस्त किए गए विश्वास को खंडित करे, तो जनता द्वारा भंग या परिवर्तित की जा सकती है।

लोगों की निरपेक्ष संप्रभुत्ता

सर्वोच्च शक्ति अथवा निरपेक्ष संप्रभुत्ता हमेशा समुदाय के पास होती है, लेकिन वह तब तक उसे धारण नहीं करती, जब तक सरकार भंग न हो जाए।

विधायिका और कार्यपालिका

निजी हितों की खातिर जनसामान्य के कल्याण की बलि को रोकने के

लिए यह उचित है कि विधायी और कार्यपालिक अधिकार अलग-अलग हाथों में हों। कार्यपालिका को विधायिका के अधीन होना चाहिए।

जहाँ ये दोनों शक्तियाँ किसी निरंकुश राजा के हाथ में होती हैं, वहाँ नागरिक सरकार नहीं होती, क्योंकि उसके और उसकी प्रजा के बीच कोई अधिकार संपन्न सांझा न्यायाधीश नहीं होता।

मुक्त समाज में जो विभिन्न प्रकार के कॉमनवेल्थ होते हैं, वे लोकतंत्र, कुलीनतंत्र, अथवा निर्वाचित राजतंत्र का मिला-जुला स्वरूप होते हैं।

———————— : * : ————————

क्रांति का अधिकार

"जब सरकार संविदा में निर्धारित अपनी भूमिका—व्यक्तिगत अधिकारों की सुरक्षा—निभाना छोड़ दे, तो ऐसी स्थिति में क्रांति औचित्यपूर्ण है।"

—रूसो

समानता*

किसी को भी इतना अमीर नहीं होना चाहिए कि वह किसी दूसरे को खरीद सके और किसी को भी इतना गरीब नहीं होना चाहिए कि वह खुद को बेचने को मजबूर हो जाए। अधिक असमानता से जुल्म का मार्ग प्रशस्त होता है।

———————— : * : ————————

संपत्ति और नागरिक समाज

वह पहला व्यक्ति, जिसने जमीन के एक टुकड़े को घेरकर यह कहने का सोचा कि 'यह मेरा है', और लोग इतने भोले निकले कि उन्होंने इसे मान लिया, वही व्यक्ति नागरिक समाज का वास्तविक संस्थापक था।

यदि किसी ने इस छल को उजागर कर घोषणा कर दी होती कि जमीन

---

* यह और अन्य उद्धरण रूसो के सोशल कॉण्ट्रैक्ट से हैं।

किसी की नहीं है, इसके फल पर सबका अधिकार है, तो मानव समाज न जाने कितने युद्ध, अपराध और वीभत्सताओं से बच जाता।

"वह व्यक्ति जो चिंतन करता है, एक दुष्ट जीव है।"

सिविल कानून

कमजोरों के दमन और सब की असुरक्षा की बात कर अमीरों ने चालाकी से न्याय और शांति के नियम बना लिये, जिनके द्वारा सभी लोगों को संपत्ति की गारंटी दी जानी चाहिए। इन कानूनों को लागू करने के लिए उन्होंने एक सर्वोच्च शासक को स्थापित कर दिया।

समाज और कानून की उत्पत्ति निश्चय ही इसी प्रकार हुई होगी, जिसने कमजोरों को नई जंजीरों से बाँध दिया और अमीरों को नई ताकत मिल गई। इससे अंततः प्राकृतिक स्वतंत्रता नष्ट हो गई और कुछ नए महत्त्वाकांक्षी लोगों के फायदे के लिए संपत्ति का अधिकार और समानता सदा के लिए निर्धारित हो गई। फलस्वरूप, चालाकी से किया गया अवैध अधिग्रहण, एक चालाकी भरी लूट को एक अटल अधिकार में तब्दील कर दिया। इसने पूरी मानव जाति को मजदूर और गुलाम बनाकर उनकी दुर्दशा कर दी।

——————— : * : ———————

संदर्भ : असमानताएँ

परंतु यह स्पष्ट रूप से प्राकृतिक नियम के विरुद्ध है कि कुछ मुट्ठी भर लोगों के पास सभी चीजें इफरात में हों और जनसाधारण के पास जीवन के लिए जरूरी चीजें भी न हों।

——————— : * : ———————

उनके लेखन की नियति

ईमाइल और सोशल कॉण्ट्रैक्ट, दोनों का प्रकाशन 1762 में हुआ। पहली पुस्तक को पेरिस में जलाया गया। रूसो बड़ी मुश्किल से गिरफ्तारी से बचा। इसके बाद दोनों पुस्तकों को जेनेवा में जलाया गया। यह उसका गृहनगर था और वहाँ से उसे भारी समर्थन मिलने की उम्मीद थी।*

———————: * :———————

शासक की प्रभुसत्ता से लोगों की प्रभुसत्ता तक रूसो ने एकता और केंद्रीयकरण के फ्रांसीसी विचार को कायम रखा; लेकिन सत्रहवीं शताब्दी में राज्य का (अथवा प्रभुसत्ता) राजतंत्र के साथ घालमेल हो गया। रूसो के प्रभाव से 18वीं शताब्दी में यह प्रभुसत्ता लोगों की मानी जाने लगी।**

———————: * :———————

समझौता

समझौते के जरिए मनुष्य ने नागरिक स्वतंत्रता और नैतिक स्वतंत्रता के बदले प्राकृतिक स्वतंत्रता दे दी।

———————: * :———————

प्रथम स्वामित्व का अधिकार

इसका औचित्य इन स्थितियों पर निर्भर करता है—(अ) यह कि भूमि पर कोई रहता न हो; (ब) यह कि किसी व्यक्ति ने उतनी ही जमीन पर अधिकार किया हो, जितनी उसके गुजारे के लिए जरूरी है; कि वह इस पर महज खोखली

---

* भगत सिंह की टिप्पणी

** भगत सिंह की टिप्पणी

औपचारिकता के जरिए नहीं, बल्कि मेहनत और खेती-बाड़ी करने के नाते दखल रखता है। (स) यह कि वह इसका आधिपत्य किसी खोखले दस्तूर से नहीं, बल्कि परिश्रम और उस पर खेती कर के ले।

धर्म

रूसो धर्म तक को सोवरिन के अत्याचार के अंतर्गत रखता है।*

———————— : * : ————————

परिचयात्मक टिप्पणी

मैं यह जानना चाहता हूँ कि लोग जैसे हैं, उन्हें वैसा ही स्वीकार कर और कानून जैसे बने हैं उन्हें वैसा ही मंजूर कर, क्या नागरिक मामलों में प्रशासन का कोई न्यायपूर्ण और निश्चित नियम स्थापित किया जाना संभव है।

"...मुझसे पूछा जाएगा कि क्या मैं कोई प्रिंस अथवा लेजिस्लेटर हूँ कि राजनीति पर लिखूँ? इसका जबाव मैं 'न' में दूँगा। अगर में वो (प्रिंस या लेजिस्लेटर) होता, तो यह कहने में वक्त बरबाद नहीं करता कि क्या किया जाना चाहिए। मैं इसे कर देता या चुप रहता।

———————— : * : ————————

"मनुष्य जन्म से स्वतंत्र होता है, लेकिन हर जगह वह बेड़ियों में जकड़ा हुआ है।"

———————— : * : ————————

* भगत सिंह की टिप्पणी

दासता के जुए को ताकत से उतार फेंको

मैं कहूँगा कि जब तक किसी देश के लोगों को आज्ञा मानने के लिए मजबूर किया जाता है और वे इसे मानते हैं, तो यह ठीक है, लेकिन जैसे ही वे इस जुए को ताकत से उतार कर फेंक सकने में समर्थ होते हैं और इसे उतार फेंकते हैं, तो यह उससे बेहतर है, क्योंकि यदि मनुष्य इसी अधिकार (अर्थात् ताकत) के बल पर अपनी स्वतंत्रता वापस प्राप्त करते हैं, जिस अधिकार से यह उनसे छीनी गई होती है तो या तो उनका ऐसा न्यायसंगत है या उनसे इसे छीन लिये जाने का कोई औचित्य नहीं था।

ताकत

“जो ताकत हिंसा से प्राप्त की जाती है, वह बलपूर्वक अधिग्रहण है, और यह तब तक ही चलती है, जब तक हड़पने वाले की आज्ञा मानने वाले उसकी बात मानते हैं; वे लोग फिर सबसे ताकतवर बन जाते हैं और जुए को उतार फेंकते हैं। वे यह कार्य उतने ही अधिकार और न्यायपूर्वक करते हैं, जितना कि उन पर यह लादनेवाले ने किया था। वही कानून (ताकत का), जिसने प्राधिकार को बनाया था, उसे नष्ट कर देता है। यही सबसे ताकतवर का कानून है।

—दिदरो, इनसाइक्लोपीडिया
‘अथॉरिटी’

———————— : * : ————————

दास लोग अपने बंधनों में सबकुछ खो देते हैं, यहाँ तक क़ि उनसे निकलने की इच्छा भी।

———————— : * : ————————

सबसे ताकतवर का अधिकार

"जो सत्ता में हो, उसकी आज्ञा मानो। अगर इसका मतलब ताकत के सामने झुकना है, तो यह उपदेश अच्छा, लेकिन फिजूल है; मेरा जवाब है कि इसका कभी उल्लंघन नहीं होगा।"

————— : * : —————

दासता का अधिकार

"तो क्या, तब जनता इस शर्त पर अपना व्यक्तिगत अधिकार छोड़ देती है कि उसकी संपत्ति भी ले ली जाएगी ? मुझे दिखाई नहीं देता कि उनके लिए क्या बचा है ?"

"यह कहा जाएगा कि तानाशाह अपनी प्रजा को नागरिक शांति प्रदान करता है। हो सकता है, लेकिन यदि उसकी महत्त्वाकांक्षाओं के कारण उन पर युद्ध थोपे जाते हों और उसके लालच का अंत न हो और उसका प्रशासन जटिल हो, उन्हें उतना परेशान करता हो, जितना कि उनकी असहमति भी नहीं करती; तो फिर इससे उन्हें क्या मिलता है ?

"यह कहना कि मनुष्य बिना कुछ प्राप्त किए स्वयं को सौंप देता है, बेहूदा और अकल्पनीय बात है। इस तरह की बात व्यक्ति किसी व्यक्ति से अथवा व्यक्ति राष्ट्र से कहे तो यह उतनी ही मूर्खतापूर्ण होगी"—मैं पूरी तरह तुम्हारी कीमत पर और पूरी तरह अपने फायदे के लिए तुमसे यह समझौता करता हूँ और जब तक मैं चाहूँ, इसका पालन करूँगा और जब तक तुम चाहो, इसका पालन करोगे।

————— : * : —————

समानता

यदि तुम राज्य को स्थायित्व देना चाहते हो, तो दोनों अथितियों को यथासंभव पास ले आओ; न अमीरों को सहन करो, न भिखारियों को। ये स्वाभाविक रूप से अभिन्न स्थितियाँ—जनकल्याण के लिए समान रूप से घातक हैं। एक वर्ग से जालिम पैदा होते हैं, तो दूसरे वर्ग से जालिमों के हिमायती; इन्हीं दोनों के बीच से लोक स्वतंत्रता का सौदा होता है। एक खरीदता है, दूसरा बेचता है।

———————— : * : ————————

तेज बारिश से कुछ भू-खंड नष्ट हो जाते हैं, लेकिन उनकी कमी कभी नहीं होती। फसादों और गृहयुद्धों से मुखिया लोग बहुत ज्यादा चौकन्ने हो जाते हैं, लेकिन वे राष्ट्रों के लिए ऐसे वास्तविक संकट पैदा नहीं करते, जब तक इस बात को लेकर विवाद चलता रहता है कि कौन उन परनिरंकुश शासन न करे। उनकी वास्तविक समृद्धि या विपदाएँ तो उनकी स्थायी स्थितियों से पैदा होती हैं, जब सबकुछ जूते तले कुचलकर रख दिया जाता है, तभी सबकुछ नष्ट हो जाता है, तभी ये शासक इत्मीनान से सबकुछ नष्ट करने के बाद एक मुर्दा खामोशी पैदा कर देते हैं, जिसे वे 'शांति' कहते हैं।

———————— : * : ————————

फ्रांसीसी क्रांति और अमेरिका

अमेरिका के स्वतंत्रता संग्राम का फ्रांस की स्थितियों (1776) पर बहुत प्रभाव हुआ।

कर

'किंग' के नाम का उपयोग कर जो अदालत या मिनिस्ट्री काम कर रही थी, उसने अपनी मनमर्जी से करों के फरमान बनाकर पंजीयन के लिए

पार्लियामेंट को भेज दिए, क्योंकि पार्लियामेंट में पंजीकृत हुए बिना वे लागू नहीं हो सकते थे। अदालत ने आग्रह किया कि पार्लियामेंट का प्राधिकार इसके विरुद्ध तर्क न दे। इस प्रकार उसने इस बात को तय करने का अधिकार अपने पास सुरक्षित कर लिया कि तर्क सही है या गलत। फलस्वरूप, फरमान को इच्छा से या अधिकार के साथ वापस लेने अथवा अपंजीकृत करने का अधिकार उसके पास रहा।

इसके विपरीत, पार्लियामेंट निरस्त करने के अधिकार पर अड़ी रही।

मंत्री, एम. केलोने को पैसा चाहिए था। उसे करों के मामले में पार्लियामेंट के अड़ियल रवैए का पता था। उसने 'असेंबली ऑफ नोटेबल्स' बुलाई (1787)। स्टेट्स-जनरल का निर्वाचन नहीं हुआ था, बल्कि सभी सदस्य किंग द्वारा नामांकित थे, जिनकी संख्या 141 थी। इसके बावजूद उसे बहुमत का समर्थन नहीं मिल सका। उसने इसे 7 कमेटियों में विभाजित कर दिया। प्रत्येक कमेटी में 20 सदस्य थे। कमेटियों में हर प्रश्न पर फैसला बहुमत वोटों से और असेंबली में यह बहुमत कमेटी वोटों से होता था। उसने ऐसे 11 सदस्यों का समर्थन प्राप्त करने की कोशिश की, जिन पर वह प्रत्येक अथवा/किन्हीं चार कमेटियों में विश्वास कर सकता हो, और इस प्रकार उसे बहुमत प्राप्त हो जाए, लेकिन उसकी युक्तियाँ नाकाम हो गईं।

एम. दे लाफायते सेकेंड कमेटी का वाइस प्रेसीडेंट था। उसने एम. केलोने पर दो मिलियन जिंदगियों की कीमत पर क्राउन लैंड को बेचने का आरोप लगाया। उसने यह लिखित में भी दिया। कुछ समय पश्चात् एम. केलोने को बर्खास्त कर दिया गया।

टोलाउस के आर्चबिशप को प्राइम मिनिस्टर और फायनेंस मिनिस्टर नियुक्त किया गया। उसने पार्लियामेंट के समक्ष दो टैक्स—स्टैंप टैक्स और एक प्रकार का लैंड टैक्स प्रस्तुत किए। पार्लियामेंट उत्तर के लिए लौट आई।

यह एक ऐसा रेवेन्यू था, जिसको उस समय राष्ट्र का समर्थन प्राप्त था। कम करने के उद्देश्य के अलावा टैक्सों के नाम उल्लिखित नहीं किए जाने चाहिए, ऐसा कहकर दोनों फरमान निरस्त कर दिए गए। इसके बाद उन्हें वर्सेलेस भेजने का आदेश दिया गया, जहाँ किंग ने इसे 'गलत न्याय' माना और उन फरमानों को पंजीकृत कर दिया। पार्लियामेंट वापस पेरिस आ गई। वहाँ इसका एक सत्र हुआ। पंजीकरण को समाप्त करने का आदेश दिया गया और यह घोषित किया गया कि वर्सेलेस में की गई हर चीज अवैधानिक है। सभी को 'लेटर डी के चेट्स ऐंड एक्जाइल्ड' दिए गए।

इसके बाद उन्हें वापस ले लिया गया। इन्हीं फरमानों को पुनः उनके समक्ष रखा गया। इसके बाद स्टेट्स जनरल बुलाने का प्रश्न उठा। किंग ने पार्लियामेंट को वचन दिया, लेकिन मिनिस्ट्री ने इसका विरोध किया। उन्होंने एक 'फुल कोर्ट' के गठन का नया प्रस्ताव प्रस्तुत किया। इसका दो आधारों पर विरोध किया गया—प्रथम, सिद्धांतों की खातिर सरकार को स्वयं को बदलने का अधिकार नहीं है। इस तरह की नजीर नुकसानदेह होगी। दूसरा आधार यह था कि स्वरूप के प्रश्न पर यह कहा गया कि यह विस्तारित कैबिनेट के सिवा कुछ नहीं है। पार्लियामेंट ने इस प्रस्ताव को ठुकरा दिया। उसे सशस्त्र बलों ने घेर लिया। कई दिन तक वे वहीं रहीं। फिर भी वे जिद पर अड़े रहे। तब उनमें से अनेक को गिरफ्तार कर विभिन्न जेलों में भेज दिया गया। ब्रिटेन से एक शिष्टमंडल इसका विरोध करने आया। उन्हें बेस्टाइल भेज दिया गया।

पुनः बुलाई गई 'असेंबली ऑफ नोटेबल्स' ने वही रास्ता अपनाने का निर्णय लिया, जो 1614 में अपनाया गया था। उसने स्टेट्स जनरल बुलाई।

'पार्लियामेंट ने फैसला किया कि 1,200 सदस्यों का निर्वाचन किया जाना चाहिए, जिनमें 600 जनसामान्य से हों, 300 पादरियों से और 300 अभिजात वर्ग से।"

स्टेट्स जनरल की बैठक मई 1789 में हुई। अभिजात और पादरी दो अलग-अलग चैंबरों में गए।

थर्ड स्टेट अथवा कॉमंस ने पादरियों और अभिजात वर्ग के इन अधिकारों को मानने से इनकार कर दिया और स्वयं को 'राष्ट्र का प्रतिनिधि' घोषित कर दिया। उन्होंने अन्य लोगों को एक ही चैंबर में उनके साथ राष्ट्रीय प्रतिनिधि के रूप में बैठने के अलावा किसी भी अन्य अधिकार से वंचित कर दिया। इस प्रकार स्टेट्स जनरल नेशनल असेंबली बन गई। उन्होंने अन्य चैंबर को आमंत्रण भेजे। अधिकतर पादरी उनके पास आए; 45 अभिजात वर्ग के लोग उनसे जुड़ गए। बाद में उनकी संख्या बढ़कर 80 और फिर इससे भी ज्यादा हो गई।

टेनिस कोर्ट शपथ

अभिजात और पादरी वर्ग के असंतुष्ट लोग नेशनल असेंबली का तख्ता पलट करना चाहते थे। उन्होंने मिनिस्ट्री के साथ मिलकर षड्यंत्र किया। रिप्रजेंटेटिव्ज ऑफ नेशन के लिए चैंबर के दरवाजे बंद कर दिए गए। फिर वे एकजुट होकर टेनिस कोर्ट की ओर गए और उन्होंने शपथ ली कि वे एक राष्ट्रीय संविधान की स्थापना तक अलग नहीं होंगे।

बेस्टिले **(14 जुलाई, 1789)**

अगले दिन चैंबर उनके लिए फिर खोल दिया गया परंतु 3,000 सैनिकों को पेरिस की घेराबंदी के लिए लामबंद किया गया। निशस्त्र पेरिस की भीड़ ने बेस्टिले पर हमला कर उस पर कब्जा कर लिया।

वर्सेल्स (5 अक्तूबर, 1789)

हजारों महिलाएँ और पुरुष नेशनल कॉकेड के मामले में गर्दे ड्यु कॉप्स के अभद्र व्यवहार के लिए उससे क्षमा माँगने का आग्रह करने वर्सेल्स की ओर बढ़े। इसे 'वर्सेल्स अभियान' कहा जाता है। इसके बाद हुए घटनाक्रम के बाद किंग को पेरिस लाया गया।

प्रत्येक देश की समझ का जब सही ढंग से उपयोग किया जाता है, तो इसके सभी उद्देश्यों को पूरा करने के लिए यह पर्याप्त होता है।

—आर.एस. ऑफ मैन

सरकार का स्वरूप कैसा हो, यह हमेशा राष्ट्र द्वारा तय किया जाता है। यदि यह राजतंत्र का चुनाव करता है, तो उसे ऐसा करने का अधिकार है और बाद में अगर यह रिपब्लिकन होना चाहे, तो उसे रिपब्लिकन होने का अधिकार है और राजा से कह दिया जाए, "हमारे पास तुम्हें देने को कोई अवसर नहीं है।"

—हाउस ऑफ लॉर्ड्स, मिनिस्टर अर्ल ऑफ शेलबर्न

———————— : * : ————————

किंग

यदि कोई ऐसा व्यक्ति हो, जो बाकी सभी लोगों से बहुत ज्यादा समझदार हो, तो यह जरूरी है कि उसकी समझ से राष्ट्र को निर्देश मिले, राजतंत्र को कुछ ज्ञान प्राप्त हो; लेकिन जब हम किसी देश पर नजर डालते हैं, तो देखते हैं कि किस तरह हर एक व्यक्ति और वर्ग अपने ही मामलों को समझता है; और जब हम दुनिया पर नजर डालते हैं, तो सभी लोग देखते हैं कि राजाओं की नस्ल अपनी क्षमता में सबसे महत्त्वहीन है। हमारा विवेक यह नहीं पूछता कि ये लोग किसलिए रखे गए हैं?

———————— : * : ————————

लिबलर

"राजशाही तथा हर प्रकार की वंशानुगत सरकार द्वारा और हर प्रकार की वंशानुगत सरकारों की धोखेबाजी को उजागर करना, उनके द्वारा थोपे जानेवाले करों को कम करने को कहना और उनके द्वारा किए जानेवाले दमन को कम करने का प्रयास करना—असहाय बच्चों के लिए शिक्षा की योजना प्रस्तावित करने और वृद्ध तथा पीड़ित लोगों की सहायता के लिए योजना

तैयार करना—राष्ट्रों को एक-दूसरे से सहमत करने का प्रयास करना—युद्ध की भयंकर परंपरा को समाप्त करना, विश्व में शांति, सभ्यता और व्यापार लाना—राजनीति अंधविश्वास की जंजीरें तोड़ना और दबे-कुचले व्यक्ति को ऊपर उठाना, यदि ये चीजें अवमानना है, तो फिर मुझे लिबलर का जीवन जीने दो, और मेरी कब्र पर 'लिबलर' (अपमानकर्ता) नाम खुदवाया जाए।"

———— : * : ————

लेकिन जब स्थान नहीं बल्कि सिद्धांत कर्म को ऊर्जस्वित करनेवाला कारण बन जाता है तो मैं देखता हूँ कि आदमी हर जगह एक ही जैसा हो जाता है।

———— : * : ————

मौत

अगर हम अमर होते, तो हमारी जिंदगी दुःखदायी होती। बेशक मरना कठिन है, लेकिन यह सोचकर अच्छा लगता है कि हम हमेशा जीवित नहीं रहेंगे।

———— : * : ————

सामाजिक व्यवस्था

"प्रत्येक से उसकी योग्यता के अनुसार काम लिया जाए और प्रत्येक को उसकी जरूरत के अनुसार दिया जाए।"

———— : * : ————

क्रांति में दुःसाहस ही सफलता का मूलमंत्र है।

———— : * : ————

दांतो की काररवाई। पहले ताकत, चर्चा बाद में, डेन्टन ने कहा।

---

* *जॉर्ज जाक दांतो (1769–1794) फ्रांसीसी क्रांतिकारी, प्रखर वक्ता और फ्रांसीसी क्रांति के सबसे रैडिकल नेताओं में से एक। राजशाही की, जो बाद में क्रांतिकारी आतंक कायम करने का साधन बन गई।*

रूसी प्रयोग (1917-27)

1. फेस ऐंड माइंड ऑफ वोल्शेविज्म
   लेखक—रेने फुलोप-मिलर
2. रशिया
   लेखक—माकीव-ओर हारा
3. रशियन रिवोल्यूशन
   लेखक—लेंसेलोट लाउटन (मेकमिलियन)
4. बोल्शेविक रशिया
   लेखक—एंटन कार्लग्रीन
5. लिटरेचर ऐंड रिवॉल्यूशन
   लेखक—ट्राट्स्की
6. मार्क्स—लेनिन ऐंड साइंस ऑफ रिवॉल्यूशन
   लेखक—एंटन कार्लग्रीन

"बोल्शेविकों का दर्शन अत्यधिक आक्रामक रूप से भौतिकवादी है, जिसमें एक बात ऐसी है कि जिसे सबसे कटु विरोधी भी स्वीकार करेंगे। वह है, इसमें भ्रम का नितांत अभाव।" (मुक्तिदायी विशेषता)

उन्हें अपने संस्थापक की इस बात में पक्का भरोसा है कि "प्रत्येक चीज की व्याख्या प्राकृतिक नियमों अथवा एक संकीर्ण अर्थ में, शरीर-क्रिया विज्ञान (Physiology) द्वारा की जा सकती है!"

मार्क्स ने कहा, "दर्शनशास्त्रियों ने विश्व की सिर्फ बहुत तरह से व्याख्या की है। असली महत्त्वपूर्ण बात है—उसे बदलना।"

धर्म और समाजवाद

मार्क्स ने कहा, "धर्म मानव जाति के लिए अफीम है।"

"सभी आदर्शवादी (भाववादी) विचार अंत में एक प्रकार की दिव्यता की अवधारणा की ओर ले जाते हैं। लिहाजा वे मार्क्स की नजर में कोरी बकवास

हैं। यहाँ तक कि हीगल ने ईश्वर में हर अच्छी और चीज का ठोस रूप देखा जो दुनिया को शासित करती है; आदर्शवादी सिद्धांत को उसकी पकी हुई अभागी दाढ़ी (अर्थात् ईश्वर-स.) के कंधे पर रख देना चाहिए, जो उसके पुजारियों की सीरत के अनुसार परिपूर्ण है, और जिसने आदम के अलावा और कातिलों और वेश्याओं, कोढ़ियों, भूख और कंजूसी, प्लेग और वोडवा को इसलिए बनाया कि वह उन पापियों को दंडित कर सके, जिन्हें उसने स्वयं बनाया था, और जो उसकी इच्छा के अनुरूप पाप करते हैं—वैज्ञानिक दृष्टि से यह सिद्धांत बेतुका है। विश्व की सभी चीजों की एकमात्र वैज्ञानिक व्याख्या निरपेक्ष भौतिकवाद द्वारा की गई है।

———————— : * : ————————

उनके अनुसार, प्रारंभ में प्रकृति ने अपने जीवन से, जीवन से विचार और फिर उससे सभी स्वरूप निर्मित किए, जिन्हें हम मानसिक अथवा प्राकृतिक परिघटना कहते हैं। आत्मा जैसी कोई चीज है ही नहीं और मनः चेतना पदार्थ की एक खास ढंग से संगठित एक क्रिया के अलावा और कुछ नहीं है।

क्रांति के विषय में मार्क्स के विचार

पहली बात, यदि क्रांति को उसके अंतिम परिणाम (अर्थात् इस खेल के सभी परिणामों) तक ले जाने का संकल्प न हो तो यह खेल कभी मत खेलो। क्रांति का समीकरण और आकार बहुत अनिश्चित होता है, जिसका मूल्य रोजाना बदल जाता है। जिन ताकतों का विरोध करना होता है, उनके

* *पीछे कभी ऐसे ही सादे पृष्ठ या अंतराल आए हैं। हो सकता है कि भगत सिंह ने अपनी 404 पृष्ठों की नोटबुक में अपने अध्ययन के विभिन्न विषयों के अनुसार अलग-अलग हिस्से निर्धारित किए हों। यहाँ खत्म हुए हिस्से में पृ. 165 से 193 तक उनके नोट्स राज्य के विज्ञान पर स्वतंत्रता और संप्रभुत्ता की अवधारणाओं और उनके विकास पर तथा उसकी निरंतरता में फ्रांसीसी क्रांति और सोवियत पर केंद्रित रहे। अगले हिस्से में विभिन्न विविध विषयों पर उनकी टिप्पणियाँ और पुस्तकों के अवतरण दर्ज हैं, लेकिन इन सबसे एक सामान्य सूत्र यह है कि ज्यादातर तत्कालीन भारतीय स्थितियों और अन्य संबंधित मुद्दों के बारे में हैं। अगर समय या अवसर मिलता तो इनका विकास कैसा होता, यह सोचना अद्भुत है।*

पास संगठन की ताकत के साथ अनुशासन और पारंपरिक अख्तियार होता है। परंपरागत सत्ता की सारी अनुकूल स्थितियाँ होती हैं।

अगर क्रांतिकारी अपने विरोधी के सामने बड़ी ताकत खड़ी नहीं कर सकते, तो वे मिट जाएँगे और कुचल दिए जाएँगे।

दूसरी बात, क्रांति एक बार शुरू हो जाने पर यह जरूरी है कि पूरे संकल्प के साथ काम कर हमले का मुँहतोड़ जवाब दिया जाए। बचाव करने से हर एक सशस्त्र विद्रोह की मौत हो जाती है। दुश्मन से पूरी तरह लोहा लेने से पहले ही यह खत्म हो जाती है। दुश्मन को उस वक्त चौंकाया जाए, जब उसके सैनिक बिखरे हुए हों, और रोजाना नई कामयाबियाँ, चाहे कितनी भी छोटी हों, हासिल की जानी चाहिए। पहली कामयाबी से जो हौसला बढ़ा है, उसे बरकरार रखा जाना चाहिए। डाँवाँडोल तत्त्वों को आम बगावत के पक्ष में लामबंद करना जरूरी है, जो हमेशा ही ताकतवर के पीछे हो लेते हैं, और हमेशा अधिक सुरक्षित पक्ष तलाशते रहते हैं। एक शब्द में डेंटन के कहे अनुसार काररवाई करो, जो क्रांतिकारी नीति का सबसे बड़ा गुरु है। उसका एक ही मंत्र है—दुःसाहस···दुःसाहस···और फिर दुःसाहस!

···क्या तुम लेजिस्लेटिव काउंसिलों का विस्तार चाहते हो? क्या तुम चाहते हो कि कुछ भारतीय हाउस ऑफ कॉमंस में तुम्हारे प्रतिनिधि बनकर बैठें? क्या तुम सिविल सर्विसेज में बहुत अधिक संख्या में भारतीयों की उपस्थिति चाहते हो? आइए, देखें कि क्या 50, 100, 200 या 300 सिविलियन सरकार को हमारी अपनी बना देंगे—पूरी सिविल सर्विस भारतीय होनी चाहिए, लेकिन सिविल सर्वेंट्स को आदेशों का पालन करना होता है—वे आदेश नहीं दे सकते, वे नीति नहीं बना सकते। एक अबाबील से ग्रीष्म नहीं आती। ब्रिटिश सरकार की सेवा में एक सिविलियन, 100 अथवा 1000 सिविलियन सरकार को भारतीय नहीं बना सकते। परंपराएँ हैं, कानून हैं, नीतियाँ हैं, जिनका पालन प्रत्येक सिविलियन को करना पड़ता है, चाहे वह काला हो या गोरा; और जब तक ये परंपराएँ नहीं बदल जातीं, जब तक ये सिद्धांत नहीं बदल जाते, जब

तक यह नीति आमूल रूप से नहीं बदल जाती, सिर्फ यूरोपियनों की जगह भारतीयों को बैठा देने से इस देश में स्वराज नहीं आ सकता।

अगर आज सरकार मेरे पास आकर कहे कि "स्वराज ले लो", तो मैं कहूँगा कि इस तोहफे के लिए शुक्रिया, लेकिन मैं उस चीज को कबूल नहीं करूँगा, जो मैंने अपने बल पर हासिल न की हो।

कोई भी सत्ता जो हमारे विरुद्ध जाती है, उसे हम बरबस अपनी मर्जी के आगे झुकने के लिए बुनियादी चीज सरकार की गरिमा है।

...मुख्य चीज है सरकार की प्रतिष्ठा।

क्या एंपायर के भीतर स्वराज सचमुच एक व्यावहारिक विचार है? इसका क्या मतलब होगा? यह न तो हमारे लिए वास्तविक स्वराज होगा और न इंग्लैंड में बैठे हमारे आकाओं के लिए। क्या हम स्वराज की छाया से संतुष्ट हो जाएँगे? यदि नहीं, तो क्या इंग्लैंड अपने स्वामित्व की छाया से संतुष्ट हो जाएगा? दोनों ही मामलों में इंग्लैंड स्वामित्व की छाया से संतुष्ट नहीं होगा। हम स्वराज की छाया से संतुष्ट होने से इनकार करते हैं। लिहाजा, भारत में स्वराज और इंग्लैंड के स्वामित्व के बीच की स्थिति में कोई समझौता मुमकिन नहीं है। यदि हमें स्वराज (वास्तविक) दे दिया जाए तो इंग्लैंड की न केवल भारत बल्कि संपूर्ण ब्रिटिश एंपायर में क्या स्थिति होगी? स्वराज का मतलब है—स्व-कराधान का अधिकार, स्व-नियंत्रण का अधिकार। इसका मतलब है—विदेशी आयात पर लोगों को रक्षात्मक और प्रतिबंधात्मक टैरिफ लगाने का अधिकार। हमें स्व-कराधान का अधिकार मिल जाए, तो हम क्या करेंगे? हम औद्योगिक बहिष्कार के इस कठिन काम के पचड़े में पड़ने की कोशिश नहीं करेंगे। लेकिन हम वो करेंगे, जो हर एक राष्ट्र ने किया है। जिन परिस्थितियों में हम रह रहे हैं, उनमें हम मैनचेस्टर से आनेवाले कपड़े के हर एक इंच पर, लीड्स से आनेवाले चाकू के प्रत्येक ब्लेड पर एक भारी-भरकम, प्रतिबंधात्मक, रक्षात्मक टैरिफ लगा देंगे। हम अपने क्षेत्र में किसी भी अंग्रेज को प्रवेश की अनुमति नहीं देंगे। हम भारतीय

संसाधनों के विकास में ब्रिटिश पूँजी नहीं लगने देंगे, जो कि आज लगी है। हम ब्रिटिश पूँजीपतियों को खनिज संपदा का खनन कर अपने टापुओं में ले जाने का अधिकार नहीं देंगे। हमें विदेशी पूँजी की जरूरत होगी, लेकिन हम संपूर्ण विश्व के खुले बाजारों में विदेशी ऋण के लिए आवेदन करेंगे, जिसकी अदायगी के लिए भारत सरकार, भारतीय राष्ट्र की गारंटी होगी। लोकप्रिय स्वराज में इंग्लैंड के आर्थिक हितों का उस तरह संरक्षण नहीं होगा, जैसा कि अभी हो रहा है, भले ही यह एंपायर के भीतर ही क्यों न हो। परंतु एंपायर के भीतर इसका क्या मतलब होगा? इसका मतलब होगा कि कुछ वरीयता प्राप्त टेरिफ के लिए हमारे साथ कुछ समझौते। इंग्लैंड को हमारे बाजारों में उन शर्तों पर आना होगा, जो हम उस पर आरोपित करेंगे। यदि वह भारत में खुला दरवाजा चाहेगा और कुछ समय पश्चात्, जब हम अपने कुछ संसाधन बढ़ा लेंगे और अपने औद्योगिक जीवन को संगठित कर लेंगे, तब हम अपना दरवाजा सिर्फ इंग्लैंड के लिए ही क्यों, बल्कि संपूर्ण ब्रिटिश एंपायर के प्रत्येक अंग के लिए खुला रखेंगे। और क्या तुम यह समझते हो कि इंग्लैंड जैसे मुट्ठी भर आबादी वाले छोटे से देश, भले ही वह बहुत धनवान हो, के लिए भारत जैसे असीम प्राकृतिक संपदा वाले देश के साथ ईमानदारी और बराबरी से मुकाबला करना संभव होगा, जहाँ की आबादी बहुत ज्यादा है? यहाँ के लोग दुनिया के किसी भी भाग के लोगों की तुलना में सबसे ज्यादा सीधे-सच्चे और संयमी हैं।

यदि एंपायर के भीतर, वास्तविक रूप से हमारा स्वराज हो, यदि 30 करोड़ लोगों को एंपायर में वह आजादी मिल जाए, तो एंपायर ब्रिटिश नहीं रह जाएगा। यह भारतीय एंपायर हो जाएगा।

—बि.चं. पाल, न्यू स्पिरिट, 1907*

* *बिपिनचंद्र पाल (1858-1932) स्वाधीनता संग्राम के दौरान बंगाल में एवं अन्यत्र स्वदेशी एवं विदेशी वस्तुओं के बहिष्कार आंदोलन के प्रमुख नेता। बाल गंगाधर तिलक, लाला लाजपत राय और बिपिन चंद्र पाल, यानी 'लाल-बाल-पाल' की तिकड़ी ने कांग्रेस में गरम दल का नेतृत्व किया।*

हिंदू सभ्यता

हमें ऐसा लग सकता है कि अपने कई पक्षों की दृष्टि से यह एक ऐसा लगभग अकल्पनीय सा समुच्चय है, जिसमें एक तरफ आदृश्यात्मिक भाववाद है, तो दूसरी तरफ स्थूल भौतिकवाद भी है, एक तरफ इंद्रियनिग्रह तो दूसरी तरफ इंद्रिय लिप्तता भी है, एक तरफ यहा मानवीय आत्मा को वैश्विक आत्मा के साथ एकाकार करने का दर्प भरा दावा करती है तथा मनुष्य की दैवीयता में और दैवीयता को मनुष्य में समाहित करती है, तो दूसरी तरफ वह हताश कर देने वाला निराशावाद भी है, जिसके तहत वह उपदेश देती है कि जीवन अपने आप में दुःखदायी प्रतीति के अलावा और कुछ नहीं है और इससे मुक्ति का एवं सभी बुराइयों के अंत का एकमात्र उपाय अस्तित्वहीन हो जाने में ही है।

शिरोल, इंडियन अनरेस्ट*

—————— : * : ——————

शिक्षा नीति

भारत में पश्चिमी शिक्षा लाने का मुख्य मूल उद्‌देश्य यह था कि अंग्रेजी बोलने वाले पर्याप्त संख्या में देशी युवा लोग तैयार किए जाएँ, जो सरकारी दफ्तरों में मातहत के रूप में काम कर सकें।

ऐसे कितने पश्चिमी शिक्षा प्राप्त भारतीय हैं, जिन्होंने ब्रिटिश नौकरशाही के जुल्मों के खिलाफ राजनीतिक आंदोलन में भाग लिया हो और उन सामाजिक बुराइयों से अपने देशवासियों को मुक्त करने के लिए उँगली भी उठाई हो? उनमें से कितने लोग स्वयं इससे मुक्त हैं? अथवा, यदि मुक्त हैं तो क्या उनमें अपने अभिमत के अनुसार कार्य करने की हिम्मत है?

—इंडियन ओल्ड ऐंड न्यू

---

* *सर वैलेंटाइन शिरोल (1858–1929) एक मशहूर ब्रिटिश पत्रकार, जिसने भारत का 17 बार दौरा किया, उसने भारत में संबंधित दो प्रमुख पुस्तकें लिखीं—'इंडियन अनरेस्ट' और 'इंडिया : ओल्ड ऐंड न्यू'।*

किसी भारतीय संसद् की कल्पना नहीं

इंडियन नेशनल कांग्रेस ने प्रायः शुरू से ही संसद् का दायित्व अपने ऊपर मान लिया। भारत में संसद् के लिए न कोई गुंजाइश थी और न है, क्योंकि जब तक ब्रिटिश शासन एक हकीकत है, तब तक, जैसा कि लॉर्ड मोसली ने स्पष्ट कहा, भारत सरकार तानाशाही-परोपकारी रहेगी और भारतीय विचारों के साथ यह सहानुभूति से भरी रहेगी, लेकिन फिर भी यह स्वेच्छाचारी ही होगी।

—154, अनरेस्ट

———————— : * : ————————

कांग्रेस का लक्ष्य अथवा उद्देश्य

इंडियन नेशनल कांग्रेस का उद्देश्य है—भारत के लोगों द्वारा शासन की ऐसी व्यवस्था हासिल करना, जो ब्रिटिश एंपायर के स्वराज सदस्यों को प्राप्त है और जिसमें एंपायर के अधिकारों तथा दायित्वों में उनकी बराबरी की सहभागिता हो।

—अध्यक्षता करते हुए मालवीयजी
कांग्रेस का लाहौर सत्र, 1909

———————— : * : ————————

संदर्भ : स्वतंत्र भारत का संविधान

क्रांति संपन्न हो जाने के बाद कोई और नहीं बल्कि स्वयं माँ (भारत माँ) की आवाज ही यह निश्चित करेगी और कर सकती है कि आजाद होने के बाद उसके द्वारा अपने जीवन के मार्गदर्शन के लिए किस प्रकार का संविधान अपनाया जाए—विस्तार में जाए बिना हम इतना ही उल्लेख कर सकते हैं। इंपीरियल गवर्नमेंट ऑफ इंडियन नेशन का प्रमुख कोई राष्ट्रपति

होगा अथवा राजा, यह इस बात पर निर्भर करता है कि क्रांति क्या स्वरूप लेती है—माँ को स्वतंत्र होना है, समन्वित और संगठित होना ही है, उसकी इच्छा ही सर्वोपरि होगी। उसके बाद यह हो सकता है कि वह इच्छा व्यक्त करे कि वह अपने सिर पर राजमुकुट पहनेगी अथवा अपने पवित्र शरीर पर गणतंत्र का बाना पहनेगी।

ओ राजाओ ! यह मत भूलो कि तुमने क्या किया और क्या नहीं किया, इसका सख्ती से हिसाब माँगा जाएगा, और नया जन्म लेने वाले लोग तुम्हारे साथ वही व्यवहार करने में चूक नहीं करेंगे, जो तुमने उनके साथ किया है। जिसने भी लोगों के साथ विश्वासघात किया है, अपने पिता को नकारा है, माँ के विरुद्ध जाकर अपने रक्त को कलंकित किया है—वह कुचला जाकर धूल और राख बन जाएगा—क्या हमारी सच्चाई में तुम्हें शक है? यदि हाँ, तो धींगरा का नाम सुनकर गूँगे हो जाओ। उस शहीद के नाम पर, ओ भारतीय राजाओ, हम तुमसे इस बात पर गंभीरता और गहराई से विचार करने का आग्रह करते हैं। तुमको जो अच्छा लगे, वह करो और तुम जो बोओगे, वही काटोगे। चुनाव करो कि तुम राष्ट्र के प्रथम जनक बनोगे या राष्ट्र के अंतिम अत्याचारी?

—इंडियन अर्नेस्ट, 'चूज ओ' प्रिंसेज

———————— : * : ————————

अछूत

राजनीति दृष्टि से इतने लाखों भारतीयों द्वारा अपने शासकों का धर्म अपना लेने से ऐसे परिणामों की संभावनाएँ खुल जाएँगी कि जिसके बारे में मुझे विस्तार से बताने की जरूरत नहीं है।

हत्या नहीं यज्ञ*

सोने के लालच में इनसान के रूप में कुछ देशी शैतान पुलिसवालों ने, जो भारत के कलंक थे, बीरेंद्र घोष और अन्य महान् लोगों को गिरफ्तार कर लिया, जो अपने देश की आजादी के लिए अपने हितों का बलिदान करते हुए बम बनाने के पवित्र यज्ञ को संपन्न करने में जीवन समर्पित किए थे। मनुष्य के रूप में सबसे बड़े शैतान और आशुतोष विश्वास ने इन नायकों का फाँसी के फंदे का रास्ता बनाना शुरू कर दिया। शाबाश चारु! (विश्वास की हत्या करनेवाला)। तुम्हारे माता-पिता की जय जयकार! वे धन्य हैं, जिन्होंने उच्चतम साहस का प्रदर्शन किया और छोटे से जीवनकाल की अवहेलना की। तुमने उस राक्षस को दुनिया से मिटा दिया। बहुत पुरानी बात नहीं है, जब गोरों ने ताकत और चालाकी से भारत को भारतीयों से हथिया लिया। उस नीच शैतान शम्स-उल-आलम को, जिसने उस आलमगीर पादशा का रास्ता अपनाया, जिसने सोने की मुद्रा पाने के लालच में पूर्वजों के नाम को कलंकित किया। आज उस दुराचारी को तुमने भारत की इस पवित्र धरती से मिटा दिया है, जो सोने का लोभी था—तुमने भारत

---

* (1) *शम्स-अल-आलम की हत्या के तुरंत बाद निम्नलिखित अपील क्रांतिकारियों द्वारा कलकत्ते में जारी की गई—'हत्या नॉय यज्ञ' (हत्या नहीं यज्ञ)। नकद इनाम : एक यूरोपीय या दो भेदियों का सिर काटने पर 50वाँ अंक कलकत्ता, रविवार, चैत्र अष्टमी 1361।*

(2) ***वीरेंद्र घोष :*** *अरविंद घोष के छोटे भाई और क्रांतिकारियों के मानिकतला ग्रुप के एक नेता, जो अलीपुर षड्यंत्र केस मई 1909 के अभियुक्त थे। वे 'युगांतर' नामक क्रांतिकारी पत्र भी प्रकाशित करते थे।*

(3) ***आशुतोष विश्वास :*** *क्रांतिकारियों को सजा दिलाने के लिए तमाम गलत तरीके अपनाने वाला अंग्रेजपरस्त एक सरकारी वकील, जिसे अलीपुर पुलिस कोर्ट से बाहर क्रांतिकारी चारुचंद्र गुहा ने गोली मारकर मौत के घाट उतार दिया।*

(4) ***चारुचंद्र गुहा :*** *एक वीर तरुण, जिसने जन्म से ही दाएँ हाथ की हथेली न होने के बावजूद देशद्रोही सरकारी वकील आशुतोष विश्वास को गोली मार दी। उसे 10 मार्च, 1909 को अलीपुर सेंट्रल जेल में फाँसी दे दी गई।*

(5) ***शम्स-अल-आलम :*** *ब्रिटिश पुलिस का सी.आई.डी. इंस्पेक्टर, जो क्रांतिकारी की सुरागरशी करता था। उसे वीरेंद्रनाथ दत्त ने 24 जनवरी, 1910 को गोली से उड़ा दिया। इस नौजवान क्रांतिकारी को 21 फरवरी, 1910 को फाँसी दे दी गई।*

(6) ***आलमगीर पादशा :*** *मुगल बादशाह औरंगजेब, जिससे दिल्ली की बादशाहत पाने के लालच में अपने तीन भाइयों—दारा, शुजा और मुराद को मरवा डाला।।*

की पवित्र भूमि से हटा दिया। नरेन गोसाईं से लेकर तलित चक्रवर्ती तक, सभी उन शैतानों की चालबाजियों के कारण सरकारी गवाह बन गए।

तुमने शम्स-उल-आलम और उसके जुल्म को मिटा दिया। अगर तुमने राक्षसों के उस साथी को नहीं मिटाया होता, तो क्या भारत के लिए कोई उम्मीद बची रह जाती?

अनेक लोग चिल्लाए कि बगावत करना बड़ा पाप है, लेकिन बगावत क्या है? क्या भारत में ऐसा कुछ है, जिसके खिलाफ बगावत की जाए? क्या किसी फिरंगी को भारत का राजा माना जा सकता है; जिसे छू लेने और उसकी छाया पड़ जाने भर से हिंदुओं को स्वयं को पवित्र करने के लिए नहाना पड़ता है?

ये सिर्फ पश्चिमी डाकू हैं, जो भारत को लूट रहे हैं—ओ भारत के सपूतो, इन्हें जड़ से मिटा दो! वे जहाँ भी मिलें, उन्हें बिना किसी दया के, उनके जासूसों सहित खत्म कर दो। पिछले साल अकेले बंगाल में 19 लाख लोग बुखार, चेचक, हेजा, प्लेग और अन्य बीमारियों से मर गए। तुम स्वयं को भाग्यशाली समझो कि उनमें तुम शामिल नहीं थे, लेकिन याद रखो कि प्लेग और हैजा तुम पर कल आक्रमण कर सकते हैं, और क्या तुम्हारे लिए यह बेहतर नहीं होगा कि तुम वीरों की मौत मरो?

अगर भगवान् की ऐसी इच्छा है, तो इस शुभ क्षण में तुम यह मानो कि भारत के प्रत्येक ईश्वर पुत्र का यह कर्तव्य है कि वह इन गोरे दुश्मनों को खत्म करे।

खुद को प्लेग और हैजा से मत मरने दो, जिससे भारत माता की पवित्र माटी दूषित हो जाएगी। गुण और अवगुण में भेद करने का विवेक हमारे शास्त्रों ने हमें दिया है। हमारे शास्त्र हमसे बार-बार कहते हैं कि इन गोरे शैतानों और उनके मददगारों तथा उन्हें उकसाने वालों को मारना एक महान् यज्ञ (अश्वमेध यज्ञ) के समान है। आओ, सभी आओ! हम सब मिलकर एक साथ यज्ञ करें, और इस समारोह में यह प्रार्थना करें कि सभी गोरे सर्प इसकी लपटों में उसी

तरह जल जाएँ, जैसे जन्म (जय) यज्ञ में नाग जलकर भस्म हो गए थे। याद रखो कि यह हत्या नहीं यज्ञ है—एक अनुष्ठान!

—आई.यू.

"भारत में कुल निर्वाचक 62,00,000, अर्थात् भारत की कुल आबादी का 23/4 प्रतिशत, जो ब्रिटिश प्रशासन के सीधे अधीन है। इसमें वे क्षेत्र शामिल नहीं हैं, जहाँ 1919 का ऐक्ट लागू नहीं हुआ।"

—आई.ओ.एन.

भारत पुराना और नया : शिरोल वी.

"ब्रिटिश लोगों को सावधान हो जाना चाहिए कि अगर वे इनसाफ करना नहीं चाहते, तो एंपायर को खत्म करना प्रत्येक भारतीय का लाजमी फर्ज होगा।"

—महात्माजी (नागपुर कांग्रेस)

: * :

ग्रामीण और शहरी प्रश्न

सरकारी चालाकी से, भूगोल की अनदेखी कर दूर-दराज शहरों के एक साथ समूह बना दिए गए, ताकि अवांछित रूप से प्रगतिशील राजनीति विचार से जुड़े शहरी लोग ग्रामीण निर्वाचन क्षेत्र से चुनाव नहीं लड़ सकें, जिनमें अनेक छोटे कस्बे स्वाभाविक रूप से विलीन हो जाते। इस पुराने विश्वास पर आधारित यह अंतिम प्रयास था कि पंजाब की आबादी को बकरों और भेड़ों में विभाजित किया जा सकता है। बकरियाँ 'गद्दार' शहरवासी और भेड़ें 'वफादार' किसान होंगे।

: * :

खालसा कॉलेज 1802 में खोला गया

———————— : * : ————————

भारत को जैसा मैंने जाना

"सचमुच 'महात्मा' का रास्ता कठिन है, और इसमें आश्चर्य की कोई बात नहीं है कि गांधी ने हाल ही में इस पदवी और इसकी जिम्मेदारियों को अस्वीकार करने का प्रयास किया। भारत में उनका प्रभाव लगातार कम हो रहा है, परंतु उनका वैराग्यपूर्ण आचरण और अस्पष्ट अव्यावहारिक टॉलस्टायवादी सिद्धांत, जिन्हें वह महान् नैतिक मूल्य घोषित करते हैं, से लगता है भावुक इंग्लैंड में बहुत से भले लेकिन कमजोर दिमाग के लोग और फ्रांस में कुछ विवेकशील लोग भ्रमित हो गए हैं, जो पूरब से किसी नई रोशनी आने की उम्मीद रखते हैं।

मुखबिर

उस मामले में मुखबिर (अथवा जेम्स केरी, जिसने क्रांतिकारियों के अजेय गिरोह को धोखा दिया और जिसकी गवाही के कारण ब्राडी, फिट्जहरबर्ट और मुलेन को फोनिक्स पार्क दोहरी हत्या, अर्थात् चीफ और अंडर-सेक्रेटरी की हत्या के लिए फाँसी दी गई। मुखबिर को डरबन में एक युवा क्रांतिकारी ओ' गोनेल ने गोली मार दी, को छुपाने और बचाने में अधिकारी असफल रहे, हालाँकि उसके हत्यारे को सजा मिली। मेरा मानना है कि इस तरह की अवहेलना करनेवाले लेकिन उपयोगी वर्ग की, जो पहले आइरिश षड्यंत्रों में बहुत सामान्य रूप से पाए जाते थे, आपूर्ति स्रोत से ही सूख गई। महायुद्ध के पहले और इसके दौरान पंजाब के लेफ्टिनेंट गवर्नर के रूप में मुझे अनेक क्रांतिकारी षड्यंत्रों का सामना करना पड़ा, जिनका पर्दाफाश करने में चतुर मुखबिरों की महत्त्वपूर्ण भूमिका थी। हमारे एहतियादी कदम इतने पक्के होते थे कि एक भी मामले में किसी मुखबिर को कोई नुकसान नहीं हुआ। कल्पना

की जा सकती है कि भारतीय षड्यंत्रकारी ने अपनी घटिया धूर्तता, अहंकार, जन्मजात षड्यंत्रकारी प्रवृत्ति के कारण और अप्रिय तथ्यों पर परदा डाल कर किस तरह इस वातावरण में स्वयं को सुरक्षित रखा।

—इंडिया एज आई नो इट

——————— : * : ———————

आर्य समाज

वास्तव में आर्य समाज पश्चिमी प्रभाव के विरुद्ध एक राष्ट्रवादी पुनर्जागरण है। इसके संस्थापक दयानंद के प्रामाणिक ग्रंथ 'सत्यार्थ प्रकाश' में इसके अनुयायियों से वेदों की ओर लौटने तथा आर्यों के काल्पनिक स्वर्णिम अतीत में अपना भविष्य खोजने का आह्वान किया गया है। 'सत्यार्थ प्रकाश' में गैर–हिंदू शासन के विरुद्ध भी दलीलें दी गई हैं। कुछ वर्ष पहले इस पंथ के एक प्रमुख अंग ने दावा किया कि स्वराज सिद्धांत के मूल जनक दयानंद ही हैं।

बहरहाल, 1907 में आर्य समाज ने इस आशय का संकल्प पारित करना उचित समझा कि चूँकि उनके विरोधी शरारती लोग यहाँ–वहाँ अफवाहें फैला रहे हैं, लिहाजा यह संगठन अपने पुराने धर्ममत को दोहराते हुए घोषणा करता है कि इसका किसी भी तरह के राजनीति संगठन अथवा राजनीति आंदोलन से कोई संबंध नहीं है। इस घोषणा को गरमपंथी राजनीति से समाज के विच्छेद को स्वीकार करते हुए कट्टरपंथी हिंदुओं के साथ ईमानदारी बरतते हुए यह माना जाना चाहिए कि समाज में जहाँ पंजाब की हिंदू आबादी के 5 प्रतिशत से ज्यादा लोग शामिल नहीं है, 1907 से अब तक जिन हिंदुओं को देशद्रोह तथा अन्य राजनीति अपराधों में सजा दी गई, उनमें से बड़ी संख्या में लोग इस समाज के सदस्य हैं।

——————— : * : ———————

भारत के बारे में राजनीतिक आँकड़े

इंग्लैंड और वेल्स में 4/5 आबादी शहरों में रहती है। शहरी जीवन का मापदंड 1000 लोगों के साथ रहने से शुरू होता है। तभी म्यूनिसिपल डेनेज, बिजली और पानी की आपूर्ति की व्यवस्था हो सकती है।

भारत (ब्रिटिश) की कुल 244000,000 आबादी में से 226000,000 आबादी गाँवों में रहती है।

———————— : * : ————————

सामान्य समय में इंग्लैंड में आबादी का
58% उद्योगों में संलग्न रहता है,
8% कृषि क्षेत्र में,
भारत में 71% लोग कृषि में,
12% उद्योगों में,
5% व्यापार में,
2% घरेलू सेवा में,
1½% स्वतंत्र व्यवसाय में,
सेना सहित 1½% शासकीय सेवा में संलग्न है।

———————— : * : ————————

संपूर्ण भारत में, 315 मिलियन लोगों में से 226 मिलियन लोग अपना जीवन-यापन मिट्टी से जुड़े कामों से करते हैं। उनमें से 208 मिलियन कृषि करते हैं या सीधे उस पर निर्भर हैं।

—मेंटफोर्ड रिपोर्ट*

* *मॉण्टफोर्ड रिपोर्ट : भारतीय संवैधानिक सुधारों पर तैयार की गई रिपोर्ट। इसे मॉण्टफोर्ड रिपोर्ट इसलिए कहा गया कि इसे सेक्रेटरी ऑफ स्टेट मॉण्टेग्यू और गवर्नर जनरल चेम्सफोर्ड ने मिलकर तैयार किया था। यह रिपोर्ट 8 जुलाई, 1918 को प्रस्तुत की गई।*

कुल क्षेत्र—1,800,000 वर्ग मील

ग्रेट ब्रिटेन से 20 गुना अधिक

700,000 वर्गमील, अथवा 1/3 से अधिक राज्यों के नियंत्रण में। भारत में राज्यों की संख्या 600 है। बर्मा फ्रांस से बड़ा है। मद्रास और बॉम्बे इटली से भी बड़े हैं।

: * :

भारत की कुल आबादी (1921 की जनगणना)—
318, 942, 000 अर्थात् पूरी मानव जाति का 1/5वाँ हिस्सा
247,000,000 ब्रिटिश भारत में और 71,900,000 राज्यों में है।

: * :

इंग्लिश में 2½ मिलियन लोग साक्षर थे—
प्रति हजार में 16 पुरुष और प्रति हजार में दो महिलाएँ।

देशी भाषाओं की कुल संख्या—222
गाँवों की कुल संख्या—500,000

□□□

सरदार अर्जुन सिंह
(शहीद भगत सिंह के दादाजी)

सरदार किशन सिंह
(शहीद भगत सिंह के पिताजी)

सरदार सवर्ण सिंह
(शहीद भगत सिंह के चाचाजी)

सरदार अजीत सिंह

(शहीद भगत सिंह के चाचाजी)

श्रीमती विद्यावती

(शहीद भगत सिंह की माताजी, 'पंजाब माता के रूप में विख्यात')

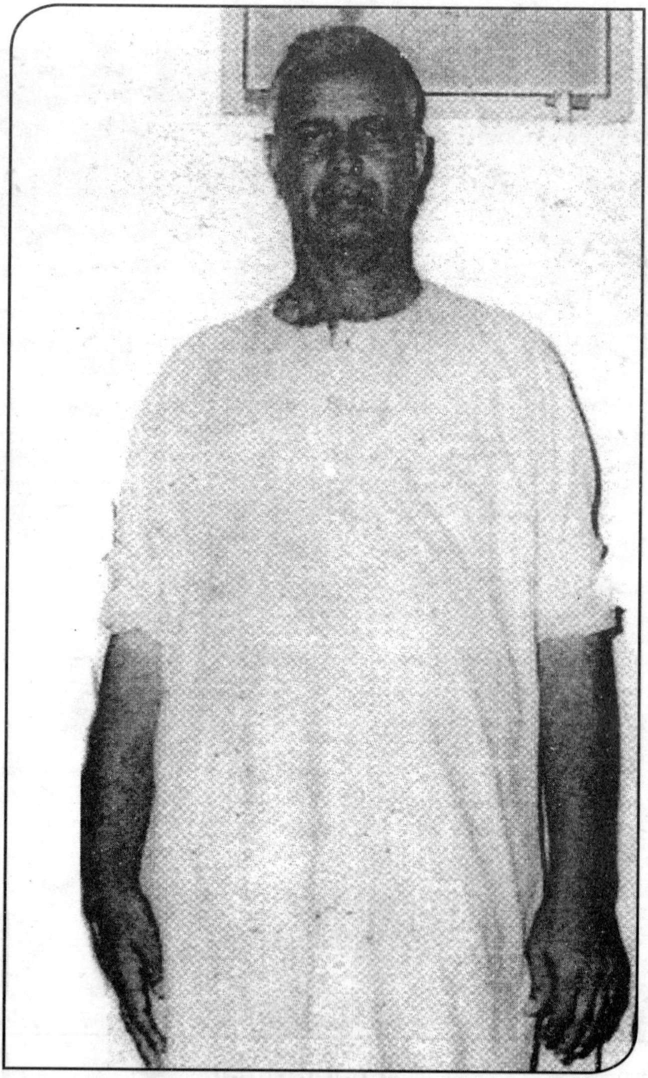

सरदार कुलबीर सिंह
(शहीद भगत सिंह के सगे छोटे भाई)

सरदार कुलबीर सिंह व श्रीमती विद्यावती

युवा स्व. श्री बाबर सिंह

(अपनी दादीजी श्रीमती विद्यावती के साथ)

बालक शहीद भगत सिंह

तरुण शहीद भगत सिंह

शहीद भगत सिंह का एक प्रभावी चित्र

शहीद भगत सिंह

(पहली बार गिरफ्तार होने के बाद जेल में)

शहीद भगत सिंह का अत्यंत लोकप्रिय चित्र

शहीद भगत सिंह

(कॉलेज का एक समूह चित्र, भगत सिंह गोले में हैं)

शहीद भगत सिंह को श्रद्धांजलि देते स्व. बाबर सिंह

1907 में सूरत कांग्रेस में लोकमान्य तिलक व
अरविंद घोष के साथ सरदार अजीत सिंह

लाहौर में कांग्रेस कमेटी की ओर से सरदार अजीत सिंह के सम्मान में
वक्तव्य देते श्री पूरन चंद आजाद

सरदार अजीत सिंह व सरदार कुलबीर सिंह

शहीद भगत सिंह पर भारत सरकार द्वारा जारी डाक टिकट

38 वर्षों के निर्वासन के बाद लाहौर पहुँचे सरदार अजीत सिंह का स्वागत यश एवं कुलबीर सिंह, माता हरनाम कौर व सरदार किशन सिंह ने किया